Thomas Langois

1

BRITANNICUS

JEAN RACINE

BRITANNICUS (1669)

JEAN RACINE (1639-1699)

PREFACE.

V o i cy celle de mes Tragedies que je puis dire que j'ay le plus travaillée. Cependant j'avoue que le fuccez ne répondit pas d'abord à mes efperances. A peine elle parut fur le theâtre, qu'il s'éleva quantité de critiques qui fembloient la devoir détruire. Je crus moymeime que la deftinée feroit à l'avenir moins heureulê que celle de mes autres Tragedies. M ais enfin il eft arrivé de cette Piece ce qui arrivera toujours des Ouvrages qui auront quelque bonté. Les critiques fe font é<anoiiïes. La piece eft demeurée. C'eft maintenant celle des miennes que la Cour & le Public revoyent le pl us volontiers. E t fi j'ay fait quelque choie de folide & qui merite quelque louange, la plufpart des Connoiflêurs demeurent d'accord que c'eft ce mefine Britannicus.

A la verité j'avois travaillé fur des modelles qui m'avoient extrêmement foûtenu dans la peinture que je voulois faire de la Cour d'Agrippinë & de Neron. J'avois copié mes Perfonnages d'apres le plus grand Peintre del'Antiquité, je veux dire d'apres Tacite. Et j'eftois alors fi rempli de la lc&ure de cet excellent Hiftorien, qu'il n'y a prefque pas un trait éclattant dans ma Tragedie dont il ne m'ait donné l'idée. J'avois voulu mettre dans ce Recueil un Extrait des plus beaux endroits que j'ay tafché d'imiter. Mais j'ay trouvé que cet Extrait tiendroit prefque autant de place que la Tragedie. Ainfi le Lecteur trouvera bon que je le renvoyé à cet Auteur, qui aulîi bien eft entre les mains de tout le monde. E t je me contenteray de rapporter icy quelques-uns de fes paiftges fur chacun desPerfonnages que j'introduis fur laScene.

Pour commencer par Neron, il faut fouvenir qu'il eft icy dans les premieres années de fbn regne, qui ont efté heureufes comme l'on fçait. A infi il ne m'a pas efté permis de le reprefenter auiïï méchant qu'il a efté depuis. Je ne le reprefente pas non plus comme un homme vertueux : car il ne l'a jamais efté. Il n'a pas encore tué fi Mere, fa Femme, fes Gouverneurs : mais ilaenluy lesfemences de tous ces crimes. Il commence à vouloir fecoiier le joug. Il les hait les uns & les autres, & il leur cache fa haine fous de faufles careflès, FaBus naturâ velare odhtm fallacibm blanditiis. En un mot c'eft icy un Monftre naiilànt mais qui n'ofe encore fe déclarer, & qui cherche des couleurs à fes méchantes actions, HaÇlennt Nero fiagitiis & celeribtu velarnenta yu&fivit. Il ne pouvoit foufïïir Oc"tavie, « Princellè d'une bonté & d'une vertu exem— « plaire, fato quodam, an quiapr&valcnt illicita. AfttuebaturyHe ne in jlupra fœminarum illufkrium prommperet.

Je luy donne Nariflè pour Confident. J'ay fuivy en cela Tacite qui dit que Neron porta « impatiemment la mort de Nariflè, parce que « cétAffranchy avoit une conformité merveil— « c Ieule avec les vices du Prince encore cachez, « Cujttf abditis adhnc vitiis mire congruebat. Ce partage prouve deux chofes. ii prouve & que Neron eftoit déjà vicieux, mais qu'il diflïmuloit fes vices, & que Narcillè l'entretenoit dans fes mauvaifès inclinations.

J'ay choify Burrhus pour oppofèr un honneile nomme à cette Pefte de Cour. Et je l'ay choifi plûtoft que Seneque. En voicy la raifort. Ils eftoiertt tous deux G ouvemeurs de la jeu— « nefîe de Neron, l'un pour les armes, l'autre « pour les Lettres. Et ils eitoient fameux, « Burrhus pour fon experience dans les armes « & pour la feverité de fes mœuts, militari— * but curU & feveritate morum, Seneque pour fon éloquence & le tout agreable de fon efprit, Senecaprœceptis eloejnentit. & comitati hone « Bâ. Burrhus apres fa mort fut extrêmement » regretté à caufe de fa vertu, Civitati grands defitleriwn ejm manjît per memoriam virtutis.

Toute leur peine eftoic derefifter à l'orgueil & à la ferocité d'Agrippine, qui, cunBis maU dominationis cupidimbws flagrant, babebar in partibw P allant cm. Je ne dy que ce mot d'Agrippine : car il y auroit trop de chofes à en dire. Œft elle que je me fuis fur tout efforcé de bien exprimer, & ma Tragedie n'eft : pas moins la difgrace d'Agrippine que la mort de Britanni » nicus. Cette mort fut un coup de foudre « pour elle, & il parut (ditTacite) par fà » frayeur & parfaconfternation qu'elle eftoit v auflî innocente de cette mort qu'O&avie. » Agrippine perdoit en luy fa derniere efpe » rance, & ce crime luy en faifoit craindre un « plus grand. Sibi fupremum anxilium ere » ptum, &Parricidiiexemplum intelligebat.

L'âge de Britannicus eftoit fi connu, qu'il ne m'a pas efté permis de le reprefenter autrement que comme un jeune Prince qui avoit beaucoup de cœur, beaucoup d'amour, & *• beaucoup de franchife, qualitez ordinaires d'un jeune homme. 11 avoit quinze ans, & on dit qu'il avoit beaucoup d'efprit, foie, > qu'on dife vray, ou que fes mal-heurs ayent » fait croire cela de luy fans qu'il ait pû en » donner des marques. Nequefegnem et fuijfe indolent ferunt, five verum, feupericu/is centmendatus retinu.it famam fine experimente Il ne faut pas s'étonner s'il n'a aupres de luy qu'un auffi méchant homme que Narciflè. Car il y avoit long-temps qu'on avoir don— < « né ordre qu'il n'y euft aupres de Britannieus, « que des gens qui n'euflènt ni foy ni honneur.. « « Nam utproximut cjttifcjue Britannico nequefas vecjtiefidem.penfîhabtret, olimprovifum erat.

Il me refte à parler de Junie. IÎ ne la faut pas confondre avec une vieille Coquette qui s'appelloit Junia Silana. C'eft icy une autre Junie que Tacite appelle Junia Calvina,. de Ja famille d'Augufte, Sœur de Silanus à qui Clau. dius avoit promis Oclavie. Cette Junie eftoit jeune, belle, & comme dit Seneque, feflivijfima omnium puellarum. Son Frere & elle « e s'àimoient tendrement, & leurs Ennemis « (dit Tacite) les accuferent tous deux d'in— ce cefte, quoy qu'ils ne fuflènt coupables que « d'un peu d'indilcretion. Elle vécut jufqu'au « regne de Vcfpafien. «

Je la fais entrer dans les Veftales, quoy que felon Aulugelle on n'y receuft jamais perfonne au deiïbus de fix ans ni au delîùs de dix. Mais le Peuple prend icy Junie fous fa protection. Et j'ay crû qu'en conlideration de fa naillànce, de fa vertu, & de fon mal-heur, il pouvoit la difpenfer de l'àge prefcrit par les loix, comme.il a difpenfé de l'àge pour le Confulat tant de grandsHommes qui avoient mérité ce Privilege.

ACTEVRS.

NERON, Empereur, Fils d'Agrippine.

BRITANNICUS, Fils de l'Empereur Claudius.

AGRIPPINE, Veuve de Domitius Enobarbus Pere de Neron, & en ſecondes noces Veuve de l'Empereur Claudius.

JUNIE, Amante de Britannicus.

BURRHUS, Gouverneur de Neron.

NARCISSE, Gouverneur de Britannicus.

ALBINE, Confidente d'Agrippine.

GARDES.

La Scene eſt à Rome, dans une chambre du Palais de Neron.

BRITANNICVS.

BRITANNICUS.

TRAGEDIE.

BRITANNICUS

ACTE I.

SCENE PREMIERE.

AGRIPPINE, ALBINE.

ALBINE.

Quoy ? tandis que Neron s'abandonne au fommeil
Faut-il que vous veniez attendre fon réveil ?
Qu'errant dans le Palais fans fuite & fans efcorte
La Mere de Cefar veille feule à fa porte ?
Madame, retournez dans voftre appartement.

AGRIPPINE.

Albine, il ne faut pas s'éloigner un moment.
Je veux l'attendre icy. Les chagrins qu'il me caufe
M'occuperont affez tout le temps qu'il repofe.
Tout ce que j'ay predit n'eft que trop affuré.
Contre Britannicus Neron s'eft declaré.
L'impatient Neron ceffe de fe contraindre,
Las de fe faire aimer il veut fe faire craindre.
Britannicus le gefne, Albine, & chaque jour
Je fens que je deviens importune à mon tour.

ALBINE.

Quoy ? vous à qui Neron doit le jour qu'il refpire ?
Qui l'avez appellé de fi loin à l'Empire ?
Vous qui desheritant le fils de Claudius
Avez nommé Cefar l'heureux Domitius ?
Tout lui parle, Madame, en faveur d'Agrippine.
Il vous doit fon amour.

AGRIPPINE.

Il vous doit fon amour. Il me le doit, Albine.
Tout, s'il eft genereux, luy prefcrit cette loy,
Mais tout, s'il eft ingrat, luy parle contre moy.

ALBINE.

S'il eft ingrat, Madame ! Ah ! toute fa conduite
Marque dans fon devoir une ame trop inftruite.
Depuis trois ans entiers qu'a-t-il dit ? qu'a-t-il fait,
Qui ne promette à Rome un Empereur parfait ?
Rome depuis trois ans par fes foins gouvernée
Au temps de fes Confuls croit eftre retournée,
Il la gouverne en pere. Enfin Neron naiffant
A toutes les vertus d'Augufte vieilliffant.

AGRIPPINE.

Non non, mon intereft ne me rend point injufte :
Il commence, il eft vray, par où finit Augufte.
Mais crains, que l'avenir détruifant le paffé,
Il ne finiffe ainfi qu'Augufte a commencé.
Il fe deguife en vain. Je lis fur fon vifage
Des fiers Domitius l'humeur trifte, & fauvage.
Il mêle avec l'orgueil, qu'il a pris dans leur fang,
La fierté des Nerons, qu'il puifa dans mon flanc.

Toûjours la tyrannie a d'heureuſes prémices.
De Rome pour un temps Caius fut les délices,
Mais ſa feinte bonté ſe tournant en fureur,
Les délices de Rome en devinrent l'horreur.
Que m'importe, apres tout, que Neron plus fidele
D'une longue vertu laiſſe un jour le modele ?
Ay-je mis dans ſa main le Timon de l'Eſtat
Pour le conduire au gré du Peuple & du Senat ?
Ah ! Que de la Patrie il ſoit s'il veut le Pere.
Mais qu'il ſonge un peu plus, qu'Agrippine eſt ſa mere.
De quel nom cependant pouvons nous appeler
L'attentat que le jour vient de nous reveler ?
Il ſçait, car leur amour ne peut eſtre ignorée,
Que de Britannicus Junie eſt adorée,
Et ce meſme Neron que la vertu conduit,
Fait enlever Junie au milieu de la nuit.
Que veut-il ? Eſt-ce haine, eſt-ce amour qui l'inſpire ?
Cherche-t-il ſeulement le plaiſir de leur nuire ?
Ou plûtoſt n'eſt-ce point que ſa malignité
Punit ſur eux l'appuy que je leur ay preſté ?

ALBINE.

Vous leur appuy, Madame ?

AGRIPPINE.

Arreſte, chere Albine,
Je ſçay, que j'ay moy ſeule avancé leur ruine,
Que du Trône, où le ſang l'a dû faire monter
Britannicus par moy s'eſt veu précipiter.
Par moy ſeule éloigné de l'Hymen d'Octavie
Le frere de Junie abandonna la vie,
Silanus, ſur qui Claude avoit jetté les yeux,
Et qui contoit Auguſte au rang de ſes ayeux.

Neron joüit de tout, & moy pour recompenſe
Il faut qu'entre eux & luy je tienne la balance,
Afin que quelque jour par une meſme loy
Britannicus la tienne entre mon fils & moy.

ALBINE.

Quel deſſein !

AGRIPPINE.

Je m'aſſure un port dans la tempeſte.
Neron m'échappera ſi ce frein ne l'arreſte.

ALBINE.

Mais prendre contre un fils tant de ſoins ſuperflus ?

AGRIPPINE.

Je le craindrais bien-toſt, s'il ne me craignoit plus.

ALBINE.

Une injuſte frayeur vous alarme peut-eſtre.
Mais ſi Neron pour vous n'eſt plus ce qu'il doit être,
Du moins ſon changemẽt ne vient pas juſqu'à nous,
Et ce ſont des ſecrets entre Ceſar & vous.
Quelques titres nouveaux que Rome luy défere,
Neron n'en reçoit point qu'il ne donne à ſa mere.
Sa prodigue amitié ne ſe reſerve rien.
Voſtre nom eſt dans Rome auſſi Saint que le ſien.
A peine parle-t-on de la triſte Octavie.
Auguſte voſtre ayeul honora moins Livie.
Neron devant ſa mere a permis le premier

Qu'on portaſt les faiſceaux couronnez de laurier.
Quels effets voulez-vous de ſa reconnoiſſance ?

AGRIPPINE.

Un peu moins de reſpect, & plus de confiance.
Tous ſes préſens, Albine, irritent mon dépit.
Je voy mes honneurs croiſtre, & tõber mon credit.
Non, non, le tẽps n'eſt plus que Neron jeune encore
Me renvoyoit les vœux d'une Cour, qui l'adore,

Lors qu'il ſe repoſoit ſur moy de tout l'Eſtat,
Que mon ordre au Palais aſſembloit le Senat,
Et que derriere un voile, inviſible, & préſente
J'étois de ce grand Corps l'Ame toute puiſſante.
Des volontez de Rome alors mal aſſuré
Neron de ſa grandeur n'étoit point enyvré.
Ce jour, ce triſte jour frappe encor ma memoire,
Où Neron fut luy-meſme ébloüy de ſa gloire,
Quand les Ambaſſadeurs de tant de Rois divers
Vinrent le reconnoiſtre au nom de l'Univers.
Sur ſon Trône avec luy j'allois prendre ma place.
J'ignore quel conſeil prépara ma diſgrace.
Quoy qu'il en ſoit, Neron, d'auſſi loin qu'il me vit,
Laiſſa ſur ſon viſage éclatter ſon dépit.
Mon cœur même en conçût un malheureux augure.
L'Ingrat d'un faux reſpect colorant ſon injure,
Se leva par avance, & courant m'embraſſer
Il m'écarta du Trône où je m'allois placer.
Depuis ce coup fatal, le pouvoir d'Agrippine
Vers ſa chûte, à grands pas, chaque jour s'achemine.
L'ombre ſeule m'en reſte, & l'on n'implore plus
Que le nom de Seneque, & l'appuy de Burrhus.

ALBINE.

Ah ! fi de ce foupçon voftre ame eft prévenuë,
Pourquoy nourriffez-vous le venin qui vous tuë ?
Allez avec Céfar vous éclaircir du moins.

AGRIPPINE.

Cefar ne me voit plus, Albine, fans témoyns.
En public, à mon heure, on me donne audience.
Sa réponfe eft dictée, & mefme fon filence.
Je voy deux furveillans, fes Maiftres, & les miens,
Préfider l'un ou l'autre à tous nos entretiens.
Mais je le pourfuivray d'autant plus qu'il m'évite.
De fon defordre, Albine, il faut que je profite.

J'entens du bruit, on ouvre, allons fubitement
Luy demander raifon de cét enlevement.
Surprenons, s'il fe peut les fecrets de fon ame.
Mais quoy ? Déja Burrhus fort de chez luy ?

SCENE II.

AGRIPPINE, BURRHUS, ALBINE.

BURRHUS.

MAdame,
Au nom de l'Empereur j'allois vous informer
D'un ordre, qui d'abord a pû vous alarmer,
Mais qui n'eft que l'effet d'une fage conduite,
Dont Cefar a voulu que vous foyez inftruite.

AGRIPPINE.

Puiſqu'il le veut, entrons, il m'en inſtruira mieux.

BURRHUS.

Ceſar pour quelque temps s'eſt ſouſtrait à nos yeux.
Déja par une porte au public moins connuë,
L'un & l'autre Conſul vous avoient prevenuë,
Madame. Mais ſouffrez que je retourne exprés…

AGRIPPINE.

Non, je ne trouble point ſes auguſtes ſecrets.
Cependant voulez-vous qu'avec moins de contrainte
L'un & l'autre une fois nous nous parliõs ſans feinte ?

BURRHUS.

Burrhus pour le menſonge eut toûjours trop d'horreur.

AGRIPPINE.

Pretendez-vous long-temps me cacher l'Empereur ?
Ne le verray-je plus qu'à titre d'importune ?
Ay-je donc élevé ſi haut voſtre fortune
Pour mettre une barriere entre mon fils & moy ?
Ne l'oſez-vous laiſſer un moment ſur ſa foy ?
Entre Seneque & vous diſputez-vous la gloire
A qui m'effacera plûtoſt de ſa memoire ?
Vous l'ay-je confié pour en faire un ingrat ?
Pour eſtre ſous ſon nom les Maiſtres de l'Eſtat ?
Certes plus je medite, & moins je me figure
Que vous m'oſiez conter pour voſtre Creature ;
Vous, dont j'ay pû laiſſer vieillir l'ambition
Dans les honneurs obſcurs de quelque Legion,

Et moy qui ſur le Trône ay ſuivy mes Anceſtres,
Moy fille, femme, ſœur, & mere de vos Maitres.
Que pretendez-vous donc ? Penſez-vous que ma voix
Ait foit un Empereur pour m'en impoſer trois ?
Neron n'eſt plus enfant. N'eſt-il pas tẽps qu'il regne ?
Juſqu'à quand voulez-vous que l'Empereur vous craigne ?
Ne ſçauroit-il rien voir, qu'il n'emprunte vos yeux ?
Pour ſe conduire enfin n'a-t-il pas ſes ayeux ?
Qu'il choiſiſſe, s'il veut, d'Auguſte, ou de Tibere,
Qu'il imite, s'il peut, Germanicus mon pere.
Parmy tant de Heros je n'oſe me placer,
Mais il eſt des vertus que je luy puis tracer.
Je puis l'inſtruire au moins, combien ſa confidence
Entre un ſujet & luy doit laiſſer de diſtance.

BURRHUS.

Je ne m'étois chargé dans cette occaſion
Que d'excuſer Ceſar d'une ſeule action.
Mais puiſque ſans vouloir que je le juſtifie,
Vous me rendez garant du reſte de ſa vie,

Je répondray, Madame, avec la liberté
D'un Soldat, qui ſçait mal farder la vérité.
Vous m'avez de Ceſar confié la jeuneſſe,
Je l'avouë, & je doy m'en ſouvenir ſans ceſſe.
Mais vous avois-je fait ſerment de le trahir,
D'en faire un Empereur, qui ne ſceût qu'obeïr ?
Non. Ce n'eſt plus à vous qu'il faut que j'en réponde,
Ce n'eſt plus voſtre fils. C'eſt le Maiſtre du monde.
J'en doy compte, Madame, à l'Empire Romain
Qui croit voir ſon ſalut, ou ſa perte en ma main.
Ah ! ſi dans l'ignorance il le faloit inſtruire,
N'avoit-on que Seneque, & moy pour le ſeduire ?
Pourquoy de ſa conduite éloigner les Flateurs ?

Faloit-il dans l'exil chercher des Corrupteurs ?
La Cour de Claudius en efclaves fertile,
Pour deux que l'on cherchoit en eût prefenté mille,
Qui tous auroient brigué l'honneur de l'avilir,
Dans une longue enfance ils l'auroient fait vieillir.
De quoy vous plaignez-vous, Madame ? On vous revere.
Ainfi que par Cefar, on jure par fa Mere.
L'Empereur, il eft vray, ne vient plus chaque jour
Mettre à vos pieds l'Empire, & groffir voftre Cour.
Mais le doit-il, Madame ? Et fa reconnoiffance
Ne peut-elle éclater que dans fa dépendance ?
Toûjours humble, toûjours le timide Neron
N'ofe-t-il eftre Augufte, & Cefar que de nom ?
Vous le diray-je enfin ? Rome le juftifie.
Rome à trois Affranchis fi long-temps affervie,
A peine refpirant du joug qu'elle a porté,
Du regne de Neron compte fa liberté.
Que dis-je ? La Vertu femble mefme renaiftre.
Tout l'Empire n'eft plus la dépoüille d'un Maître.

Le Peuple au champ de Mars nomme fes Magiftrats
Cefar nomme les Chefs fur la foy des Soldats.
Thrafeas au Senat, Corbulon dans l'Armée,
Sont encore innocens, malgré leur renommée.
Les Deferts autrefois peuplez de Senateurs
Ne font plus habitez que par leurs Delateurs.
Qu'importe que Cefar continuë à nous croire,
Pourvû que nos confeils ne tendent qu'à fa gloire ?
Pourvû que dans le cours d'un regne floriffant
Rome foit toûjours libre, & Cefar tout puiffant ?
Mais, Madame, Neron fuffit pour fe conduire.
J'obeïs, fans pretendre à l'honneur de l'inftruire.
Sur fes Ayeux fans doute il n'a qu'à fe regler.
Pour bien faire, Neron n'a qu'à fe reffembler ;

Heureux, ſi ſes vertus l'une à l'autre enchaînées,
Rameinent tous les ans ſes premieres années !

AGRIPPINE.

Ainſi ſur l'avenir n'oſant vous aſſurer
Vous croyez que ſans vous Neron va s'égarer.
Mais vous, qui juſqu'icy content de vôtre ouvrage,
Venez de ſes vertus nous rendre témoignage,
Expliquez-nous, pourquoy devenu raviſſeur
Neron de Silanus fait enlever la Sœur.
Ne tient-il qu'à marquer de cette ignominie
Le ſang de nos Ayeux, qui brille dans Junie ?
De quoy l'accuſe-t-il ? Et par quel attentat
Devient-elle en un jour criminelle d'Eſtat ?
Elle, qui ſans orgueil juſqu'à lors élevée,
N'auroit point vû Neron, s'il ne l'euſt enlevée,
Et qui meſme auroit mis au rang de ſes bienfaits
L'heureuſe liberté de ne le voir jamais.

BURRHUS.

Je ſçay que d'aucun crime elle n'eſt ſoupçonnée.
Mais juſqu'icy Ceſar ne l'a point condamnée,
Madame. Aucun objet ne bleſſe icy ſes yeux.
Elle eſt dans un Palais tout plein de ſes Ayeux.
Vous ſçavez que les droits qu'elle porte avec elle
Peuvent de ſon Eſpoux faire un Prince rebelle,
Que le ſang de Ceſar ne ſe doit allier
Qu'à ceux à qui Ceſar le veut bien confier,
Et vous meſme avoürez qu'il ne ſeroit pas juſte,
Qu'on diſpoſaſt ſans luy de la Niece d'Auguſte.

AGRIPPINE.

Je vous entens. Neron m'apprend par voſtre voix
Qu'en vain Britannicus s'aſſure ſur mon choix.
En vain pour détourner ſes yeux de ſa miſere,
J'ai flaté ſon amour d'un Hymen qu'il eſpere,
A ma confuſion, Neron veut faire voir
Qu'Agrippine promet par delà ſon pouvoir.
Rome de ma faveur eſt trop préoccupée,
Il veut par cét affront qu'elle ſoit détrompée,
Et que tout l'Univers apprenne avec terreur
A ne confondre plus mon fils & l'Empereur.
Il le peut. Toutefois j'oſe encore luy dire
Qu'il doit avant ce coup affermir ſon Empire,
Et qu'en me reduiſant à la neceſſité
D'éprouver contre luy ma foible autorité,
Il expoſe la ſienne, & que dans la balance
Mon nom peut-eſtre aura plus de poids qu'il ne pêſe.

BURRHUS.

Quoy Madame ? Toûjours ſoupçonner ſon reſpect ?
Ne peut-il faire un pas qui ne vous ſoit ſuſpect ?
L'Empereur vous croit-il du party de Junie ?
Avec Britannicus vous croit-il reünie ?
Quoy ? de vos ennemis devenez-vous l'appuy
Pour trouver un pretexte à vous plaindre de luy ?
Sur le moyndre diſcours qu'on pourra vous redire,
Serez-vous toûjours preſte à partager l'Empire ?
Vous craindrez-vous ſans ceſſe, & vos embraſſemens
Ne ſe paſſeront-ils qu'en éclairciſſemens ?
Ah ! Quittez d'un Cenſeur la triſte diligence.
D'une Mere facile affectez l'indulgence.
Souffrez quelques froideurs ſans les faire éclater,
Et n'avertiſſez point la Cour de vous quitter.

AGRIPPINE.

Et qui s'honoreroit de l'appuy d'Agrippine
Lors que Neron luy mefme annonce fa ruine ?
Lors que de fa prefence il femble me bannir ?
Quand Burrhus à fa porte ofe me retenir ?

BURRHUS.

Madame, je voy bien qu'il eft temps de me taire,
Et que ma liberté commence à vous déplaire.
La douleur eft injufte, & toutes les raifons
Qui ne la flattent point aigriffent fes foupçons.
Voicy Britannicus. Je luy cede ma place.
Je vous laiffe écouter, & plaindre fa difgrace,
Et peut-eftre, Madame, en accufer les foins
De ceux, que l'Empereur a confultez le moins.

SCENE III.

AGRIPPINE, BRITANNICUS
NARCISSE, ALBINE.

AGRIPPINE.

AH Prince ! où courez-vous ? Quelle ardeur inquiete
Parmy vos ennemis en aveugle vous jette ?
Que venez-vous chercher ?

BRITANNICUS.

Ce que je cherche ? Ah Dieux !
Tout ce que j'ay perdu, Madame, eft en ces lieux.
De mille affreux Soldats Junie environnée
S'eft veuë en ce Palais indignement traînée.

Helas ! de quelle horreur ſes timides eſprits
A ce nouveau ſpectacle auront eſté ſurpris !
Enfin on me l'enleve. Une loy trop ſevere
Va ſeparer deux cœurs, qu'aſſembloit leur miſere.
Sans doute on ne veut pas que mêlant nos douleurs
Nous nous aidiõs l'un l'autre à porter nos malheurs.

AGRIPPINE.

Il ſuffit. Comme vous je reſſens vos injures.
Mes plaintes ont déja precedé vos murmures.
Mais je ne pretens pas qu'un impuiſſant courroux
Dégage ma parole, & m'acquitte envers vous.
Je ne m'explique point. Si vous voulez m'entendre,
Suivez-moy chez Pallas, où je vais vous attendre.

SCENE IV.

BRITANNICUS, NARCISSE.

BRITANNICUS.

LA croiray-je, Narciſſe ? Et dois-je ſur ſa foy
La prendre pour arbitre entre ſon fils & moy ?
Qu'en dis-tu ? N'eſt-ce pas cette meſme Agrippine
Que mon Pere épouſa jadis pour ma ruïne,
Et qui, ſi je t'en crois, a de ſes derniers jours
Trop lents pour ſes deſſeins precipité le cours ?

NARCISSE.

N'importe. Elle ſe ſent comme vous outragée.
A vous donner Junie elle s'eſt engagée.

Uniſſez vos chagrins. Liez vos intereſts.
Ce Palais retentit en vain de vos regrets.
Tant que l'on vous verra d'une voix ſuppliante,
Semer icy la plainte, & non pas l'épouvante,
Que vos reſſentimens ſe perdrõt en diſcours,
Il n'en faut point douter, vous vous plaindrez toûjours.

BRITANNICUS.

Ah, Narciſſe ! tu ſçais ſi de la ſervitude
Je pretens faire encore une longue habitude.
Tu ſçais ſi pour jamais de ma chûte étonné
Je renonce aux grandeurs, où j'étois deſtiné.
Mais je ſuis ſeul encor. Les amis de mon Pere
Sont autant d'inconnus qu'écarte ma miſere.
Et ma jeuneſſe meſme éloigne loin de moy
Tous ceux qui dans le cœur me reſervent leur foy.

Pour moy, depuis un an, qu'un peu d'experiance
M'a donné de mon ſort la triſte connoiſſance,
Que vois-je autour de moy, que des Amis vendus
Qui ſont de tous mes pas les témoins aſſidus ?
Qui choiſis par Neron pour ce commerce infame,
Trafiquent avec luy des ſecrets de mon ame ?
Quoy qu'il en ſoit, Narciſſe, on me vend tous les jours.
Il prevoit mes deſſeins, il entend mes diſcours.
Comme toy dans mon cœur, il ſçait ce qui ſe paſſe.
Que t'en ſemble Narciſſe ?

NARCISSE.

Ah ! Quelle ame aſſez baſſe…
C'eſt à vous de choiſir des Confidens diſcrets,
Seigneur, & de ne pas prodiguer vos ſecrets.

BRITANNICUS.

Narciſſe, tu dis vray. Mais cette défiance
Eſt toûjours d'un grand cœur la derniere ſcience,
On le trompe long-temps. Mais enfin je te croy.
Ou plûtoſt je fay vœu de ne croire que toy.
Mon Pere, il m'en ſouvient, m'aſſura de ton zele.
Seul de ſes Affranchis tu m'es toûjours fidelle.
Tes yeux ſur ma conduite inceſſamment ouverts
M'ont ſauvé juſqu'icy de mille écueils couverts.
Va donc voir ſi le bruit de ce nouvel orage
Aura de nos Amis excité le courage.
Examine leurs yeux. Obſerve leurs diſcours.
Voy ſi j'en puis attendre un fidelle ſecours.
Sur tout dans ce Palais remarque avec adreſſe
Avec quel ſoin Neron fait garder la Princeſſe.
Sache ſi du peril ſes beaux yeux ſont remplis,
Et ſi ſon entretien m'eſt encore permis.
Cependant de Neron je vais trouver la mere
Chez Pallas, comme toy l'Affranchy de mon pere.
Je vais la voir, l'aigrir, la ſuivre, & s'il ſe peut
M'engager ſous ſon nom plus loin qu'elle ne veut.

Fin du premier Acte.

ACTE II.

SCENE PREMIERE.

NERON, BURRHUS, NARCISSE,
Gardes.

NERON.

N'EN doutez point, Burrhus, malgré ſes injuſtices,
C'eſt ma Mere, & je veux ignorer ſes caprices.
Mais je ne pretens plus ignorer ny ſouffrir
Le Miniſtre inſolent qui les oſe nourrir.
Pallas de ſes conſeils empoiſonne ma Mere ;
Il ſeduit chaque jour Britannicus mon Frere.
Ils l'écoutent luy ſeul, & qui ſuivroit leurs pas
Les trouveroit peut-eſtre aſſemblez chez Pallas.
C'en eſt trop. De tous deux il faut que je l'écarte.
Pour la derniere fois qu'il s'éloigne, qu'il parte,
Je le veux, je l'ordonne ; & que la fin du jour
Ne le retrouve pas dans Rome, ou dans ma Cour.
Allez, cét ordre importe au ſalut de l'Empire.
Vous Narciſſe, approchez. Et vous, qu'on ſe retir.

SCENE II.

NERON, NARCISSE.

NARCISSE.

GRaces aux Dieux, Seigneur, Junie entre vos mains
Vous aſſure aujourd'huy du reſte des Romains.
Vos Ennemis, déchûs de leur vaine eſperance
Sont allez chez Pallas pleurer leur impuiſſance.
Mais que vois-je ? Vous-meſme inquiet, étonné,
Plus que Britannicus paroiſſez conſterné.
Que preſage à mes yeux cette triſteſſe obſcure,

Et ces fombres regards errans à l'avanture ?
Tout vous rit. La Fortune obeït à vos vœux.

NERON.

Narciffe c'en eft fait. Neron eft amoureux.

NARCISSE.

Vous ?

NERON.

Depuis un moment, mais pour toute ma vie,
J'aime (que dis-je aimer ?) j'idolatre Junie.

NARCISSE.

Vous l'aimez ?

NERON.

Excité d'un defir curieux
Cette nuit je l'ay veuë arriver en ces lieux,
Trifte, levant au Ciel fes yeux moüillez de larmes,
Qui brilloiẽt au travers des flambeaux & des armes,
Belle, fans ornement, dans le fimple appareil
D'une Beauté qu'on vient d'arracher au fommeil.
Que veux-tu ? Je ne fçay fi cette negligence,
Les ombres, les flambeaux, les cris, & le filence,
Et le farouche afpect de fes fiers raviffeurs,
Relevoient de fes yeux les timides douceurs.
Quoy qu'il en foit, ravy d'une fi belle veuë,
J'ay voulu luy parler & ma voix s'eft perduë :
Immobile, faifi d'un long eftonnement
Je l'ay laiffé paffer dans fon appartement.
J'ay paffé dans le mien. C'eft là que folitaire

De fon image en vain j'ay voulu me diftraire.
Trop prefente à mes yeux je croyois luy parler
J'aimois jufqu'à fes pleurs que je faifois couler.
Quelquefois, mais trop tard, je luy demandois grace ;
J'employois les foûpirs, & mefme la menaffe.
Voilà comme occupé de mon nouvel amour
Mes yeux fans fe fermer ont attendu le jour.
Mais je m'en fais peut-eftre une trop belle image
Elle m'eft apparuë avec trop d'avantage,
Narciffe, qu'en dis-tu ?

NARCISSE.

Quoy, Seigneur, croira-t-on
Qu'elle ait pû fi long-temps fe cacher à Neron ?

NERON.

Tu le fçais bien, Narciffe. Et foit que fa colere
M'imputaft le mal-heur qui luy ravit fon Frere,
Soit que fon cœur jaloux d'une auftere fierté
Enviaft à nos yeux fa naiffante beauté,
Fidelle à fa douleur, & dans l'ombre enfermée
Elle fe déroboit même à fa Renommée.
Et c'eft cette vertu fi nouvelle à la Cour
Dont la perfeverance irrite mon amour.

Quoy, Narciffe ? Tandis qu'il n'eft point de Romaine
Que mon amour n'honore & ne rende plus vaine,
Qui dés qu'à fes regards elle ofe fe fier
Sur le cœur de Cefar ne les vienne effayer :
Seule dans fon Palais la modefte Junie
Regarde leurs honneurs comme une ignominie,
Fuit, & ne daigne pas peut-eftre s'informer
Si Cefar eft aimable, ou bien s'il fçait aimer ?
Dy moy : Britannicus l'aime-t-il ?

NARCISSE.

Quoy s'il l'aime,
Seigneur ?

NERON.

Si jeune encor ſe connoiſt-il luy même ?
D'un regard enchanteur connoiſt-il le poiſon ?

NARCISSE.

Seigneur, l'amour toûjours n'attend pas la raiſon.
N'en doutez point, il l'aime. Inſtruits par tant de charmes
Ses yeux ſont déja faits à l'uſage des larmes.
A ſes moindres deſirs il ſçait s'accommoder,
Et peut-eſtre déja ſçait-il perſuader.

NERON.

Que dis-tu ? Sur ſon cœur il auroit quelque empire ?

NARCISSE.

Je ne ſçay. Mais, Seigneur, ce que je puis vous dire,
Je l'ay veû quelquefois s'arracher de ces lieux,
Le cœur plein d'ũ courroux qu'il cachoit à vos yeux,
D'une Cour qui le fuit pleurant l'ingratitude,
Las de voſtre grandeur, & de ſa ſervitude,
Entre l'impatience & la crainte flottant ;
Il alloit voir Junie, & revenoit contant.

NERON.

D'autant plus malheureux qu'il aura ſçû luy plaire,
Narciſſe, il doit plûtoſt ſouhaiter ſa colere.
Neron impunément ne ſera pas jaloux,

NARCISSE.

Vous ? Et de quoy, Seigneur, vous inquietez-vous ?
Junie a pû le plaindre & partager ſes peines,
Elle n'a veu couler de larmes que les ſiennes.
Mais aujourd'huy, Seigneur, que ſes yeux deſſillez
Regardant de plus prés l'éclat dont vous brillez,
Verront autour de vous les Rois ſans diadéme,
Inconnus dans la foule, & ſon Amant luy-même,
Attachez ſur vos yeux s'honorer d'un regard
Que vous aurez ſur eux fait tomber au haſard,
Quand elle vous verra de ce degré de gloire,
Venir en ſoûpirant avoüer ſa victoire,
Maiſtre n'en doutez point, d'un cœur déja charmé
Commandez qu'on vous aime, & vous ſerez aimé.

NERON.

A combien de chagrins il faut que je m'appreſte !
Que d'importunitez !

NARCISSE.

Quoy donc ? qui vous arreſte,
Seigneur ?

NERON.

Tout. Octavie, Agrippine, Burrhus,
Senecque, Rome entiere, & trois ans de vertus.
Non que pour Octavie un reſte de tendreſſe
M'attache à ſon hymen, & plaigne ſa jeuneſſe.
Mes yeux depuis long-temps fatiguez de ſes ſoins,
Rarement de ſes pleurs daignent eſtre témoins.
Trop heureux ſi bien-toſt la faveur d'un divorce,
Me ſoulageoit d'un joug qu'on m'impoſa par force.

Le Ciel même en ſecret ſemble la condamner.
Ses vœux depuis quatre ans ont beau l'importuner.
Les Dieux ne mõtrent point que ſa vertu les touche :
D'aucun gage, Narciſſe, ils n'honorent ſa couche.
L'Empire vainement demande un heritier.

NARCISSE.

Que tardez-vous, Seigneur, à la repudier ?
L'Empire, voſtre cœur, tout condamne Octavie.
Auguſte, voſtre ayeul, ſoûpiroit pour Livie,
Par un double divorce ils s'unirent tous deux,
Et vous devez l'Empire à ce divorce heureux.
Tibere, que l'Hymen plaça dans ſa famille,
Oſa bien à ſes yeux repudier ſa Fille.
Vous ſeul juſques icy contraire à vos deſirs
N'oſez par un divorce aſſurer vos plaiſirs.

NERON.

Et ne connois-tu pas l'implacable Agrippine ?
Mon amour inquiet déja ſe l'imagine,
Qui m'ameine Octavie, & d'un œil enflammé
Atteſte les ſaints droits d'un nœud qu'elle a formé,
Et portant à mon cœur des atteintes plus rudes,
Me fait un long recit de mes ingratitudes.
De quel front ſoûtenir ce fâcheux entretien ?

NARCISSE.

N'eſtes vous pas, Seigneur, voſtre Maiſtre, & le ſien ?
Vous verrons-nous toûjours trêbler ſous ſa Tutelle ?
Vivez, regnez pour vous. C'eſt trop regner pour Elle.
Craignez-vous ? Mais, Seigneur, vous ne la craignez pas.

Vous venez de bannir le ſuperbe Pallas,
Pallas, dont vous ſçavez qu'elle ſoûtient l'audace.

NERON.

Eſloigné de ſes yeux j'ordonne, je menaſſe,

J'écoute vos conſeils, j'oſe les approuver,
Je m'excite contre-elle & tâche à la braver.
Mais (je t'expoſe icy mon ame toute nuë)
Si-toſt que mon mal-heur me rameine à ſa veuë,
Soit que je n'oſe encor démentir le pouvoir
De ces yeux, où j'ay lû ſi long-temps mon devoir,
Soit qu'à tant de bien-faits ma memoire fidelle,
Luy ſoûmette en ſecret tout ce que je tiens d'elle,
Mais enfin mes efforts ne me ſervent de rien,
Mon Genie étonné tremble devant le ſien.
Et c'eſt pour m'affranchir de cette dépendance
Que je la fuy par tout, que même je l'offenſe,
Et que de temps en temps j'irrite ſes ennuis
Afin qu'elle m'évite autant que je la fuis.
Mais je t'arreſte trop. Retire-toy, Narciſſe.
Britannicus pourroit t'accuſer d'artifice.

NARCISSE.

Non, non, Britannicus s'abandonne à ma foy.
Par ſon ordre, Seigneur, il croit que je vous voy,
Que je m'informe icy de tout ce qui le touche
Et veut de vos ſecrets eſtre inſtruit par ma bouche.
Impatient ſur tout de revoir ſes amours
Il attend de mes ſoins ce fidelle ſecours.

NERON.

J'y confens : porte luy cette douce nouvelle :
Il la verra.

NARCISSE.

Seigneur banniffez-le loin d'elle.

NERON.

J'ay mes raifons, Narciffe, & tu peux concevoir,
Que je luy vendray cher le plaifir de la voir.
Cependant vante luy ton heureux ftratagême.
Dy-luy qu'en fa faveur on me trompe moy-même,
Qu'il la voit fans mon ordre. On ouvre, la voicy.
Va retrouver ton Maiftre & l'amener icy.

SCENE III.

NERON, JUNIE.

NERON.

VOus vous troublez, Madame, & changez de vifage.
Lifez vous dans mes yeux quelque trifte prefage ?

JUNIE.

Seigneur, je ne vous puis déguifer mon erreur.
J'allois voir Octavie, & non pas l'Empereur.

NERON.

Je le fçay bien, Madame, & n'ay pû fans envie
Apprendre vos bontez pour l'heureufe Octavie.

JUNIE.

Vous Seigneur ?

NERON.

Penſez vous, Madame, qu'en ces lieux
Seule pour vous connoiſtre Octavie ait des yeux ?

JUNIE.

Et quel autre, Seigneur, voulez-vous que j'implore ?
A qui demanderay-je un crime que j'ignore ?
Vous qui le puniſſez, vous ne l'ignorez pas.
De grace apprenez-moy, Seigneur, mes attentats.

NERON.

Quoy Madame ? Eſt-ce donc une legere offenſe
De m'avoir ſi long-temps caché voſtre preſence ?

Ces treſors dont le Ciel voulut vous embellir,
Les avez-vous receus pour les enſevelir ?
L'heureux Britannicus verra-t-il ſans allarmes
Croître loin de nos yeux ſon amour & vos charmes ?
Pourquoy de cette gloire exclus juſqu'à ce jour,
M'avez-vous ſans pitié relegué dans ma Cour ?
On dit plus. Vous ſouffrez ſans en eſtre offenſée
Qu'il vous oſe, Madame, expliquer ſa penſée.
Car je ne croiray point que ſans me conſulter
La ſevere Junie ait voulu le flater,
Ny qu'elle ait conſenty d'aimer & d'eſtre aimée
Sans que j'en ſois inſtruit que par la Renommée.

JUNIE.

Je ne vous nieray point, Seigneur, que ſes ſoûpirs
M'ont daigné quelquefois expliquer ſes deſirs.
Il n'a point détourné ſes regards d'une Fille,
Seul reſte du débris d'une illuſtre Famille.
Peut-eſtre il ſe ſouvient qu'en un temps plus heureux
Son Pere me nomma pour l'objet de ſes vœux.
Il m'aime. Il obeït à l'Empereur ſon Pere,
Et j'oſe dire encore à vous, à voſtre Mere ;
Vos deſirs ſont toûjours ſi conformes aux ſiens…

NERON.

Ma Mere a ſes deſſeins, Madame, & j'ay les miens.
Ne parlons plus icy de Claude, & d'Agrippine.
Ce n'eſt point par leur choix que je me determine,
C'eſt à moy ſeul, Madame, à répondre de vous ;
Et je veux de ma main vous choiſir un Eſpoux.

JUNIE.

Ah, Seigneur, ſongez-vous que toute autre alliance
Fera honte aux Ceſars auteurs de ma naiſſance ?

NERON.

Non, Madame, l'Eſpoux dont je vous entretiens
Peut ſans honte aſſembler vos ayeux & les ſiens.
Vous pouvez, ſans rougir, conſentir à ſa flamme.

JUNIE.

Et quel eſt donc, Seigneur, cét Eſpoux ?

NERON.

Moy, madame.

JUNIE.

Vous !

NERON.

Je vous nommerois, Madame, un autre nom,
Si j'en fçavois quelque autre au deffus de Neron.
Ouy, pour vous faire un choix, où vous puiffiez foufcrire,
J'ay parcouru des yeux la Cour, Rome, & l'Empire.
Plus j'ay cherché, Madame, & plus je cherche encor
En quelles mains je doy confier ce trefor,
Plus je voy que Cefar digne feul de vous plaire
En doit eftre luy feul l'heureux depofitaire,
Et ne peut dignement vous confier qu'aux mains
A qui Rome a commis l'Empire des Humains.
Vous mefme confultez vos premieres années.
Claudius à fon Fils les avoit deftinées,
Mais c'étoit en un temps où de l'Empire entier
Il croyoit quelque jour le nommer l'Heritier.
Les Dieux ont prononcé. Loin de leur contredire,
C'eft à vous de paffer du cofté de l'Empire.
En vain de ce prefent ils m'auroient honoré,
Si voftre cœur devoit en eftre feparé ;
Si tant de foins ne font adoucis par vos charmes ;
Si tandis que je donne aux veilles, aux alarmes,
Des jours toûjours à plaindre, & toûjours enviez,
Je ne vais quelquefois refpirer à vos piez.

Qu'Octavie à vos yeux ne faffe point d'ombrage.
Rome auffi bien que moy vous donne fon fuffrage,
Repudie Octavie, & me fait dénoüer
Un Hymen que le Ciel ne veut point avoüer.
Songez-y donc, Madame, & pefez en vous mefme

Ce choix digne des foins d'un Prince qui vous aime ;
Digne de vos beaux yeux trop long-temps captivez,
Digne de l'Univers à qui vous vous devez.

JUNIE.

Seigneur, avec raifon je demeure eftonnée.
Je me voy dans le cours d'une mefme journée
Comme une Criminelle amenée en ces lieux :
Et lors qu'avec frayeur je parois à vos yeux,
Que fur mon innocence à peine je me fie,
Vous m'offrez tout d'un coup la place d'Octavie.
J'ofe dire pourtant que je n'ay merité
Ny cét excez d'honneur, ny cette indignité.
Et pouvez-vous, Seigneur, fouhaitter qu'une Fille,
Qui vit prefque en naiffant efteindre fa Famille,
Qui dans l'obfcurité nourriffant fa douleur
S'eft fait une vertu conforme à fon malheur,
Paffe fubitement de cette nuit profonde
Dans un rãg qui l'expofe aux yeux de tout le mõde,
Dont je n'ay pû de loin foûtenir la clarté,
Et dont une autre enfin remplit la majefté ?

NERON.

Je vous ay déja dit que je la repudie.
Ayez moins de frayeur, ou moins de modeftie.
N'accufez point icy mon choix d'aveuglement.
Je vous répons de vous, confentez feulement.
Du fang dont vous fortez rappelez la mémoyre,
Et ne preferez point à la folide gloire
Des honneurs dont Cefar pretend vous reveftir,
La gloire d'un refus, fujet au repentir.

JUNIE.

Le Ciel connoiſt, Seigneur, le fond de ma penſée.
Je ne me flate point d'une gloire inſenſée.
Je ſçay de vos preſens meſurer la grandeur.
Mais plus ce rang ſur moy répandroit de ſplendeur,
Plus il me feroit honte & mettroit en lumiere
Le crime d'en avoir dépoüillé l'heritiere.

NERON.

C'eſt de ſes intereſts prendre beaucoup de ſoin,
Madame, & l'amitié ne peut aller plus loin.
Mais ne nous flatons point, & laiſſons le myſtere.
La Sœur vous touche icy beaucoup moins que le Frere,
Et pour Britannicus…

JUNIE.

Il a ſcû me toucher,
Seigneur, & je n'ay point pretendu m'en cacher.
Cette ſincerité ſans doute eſt peu diſcrete,
Mais toûjours de mon cœur ma bouche eſt l'interprete.
Abſente de la Cour je n'ay pas dû penſer,
Seigneur, qu'en l'art de feindre il falut m'exercer.
J'aime Britannicus. Je luy fus deſtinée
Quand l'Empire ſembloit ſuivre ſon hymenée.
Mais ces meſmes malheurs qui l'en ont écarté,
Ses honneurs abolis, ſon Palais deſerté,
La fuite d'une Cour que ſa chûte a bannie,
Sont autant de liens qui retiennent Junie.
Tout ce que vous voyez conſpire à vos deſirs,
Vos jours toûjours ſereins coulent dans les plaiſirs.
L'Empire en eſt pour vous l'inépuiſable ſource,
Ou ſi quelque chagrin en interromp la courſe,
Tout l'Univers ſoigneux de les entretenir
S'empreſſe à l'effacer de voſtre ſouvenir.

Britannicus eſt ſeul. Quelque ennuy qui le preſſe
Il ne voit dans ſon ſort que moy qui s'intereſſe,
Et n'a pour tout plaiſir, Seigneur, que quelques pleurs
Qui luy font quelquefois oublier ſes malheurs.

NERON.

Et ce ſont ces plaiſirs, & ces pleurs que j'envie,
Que tout autre que luy me payroit de ſa vie.
Mais je garde à ce Prince un traitement plus doux.
Madame, il va bien-toſt paroiſtre devant vous.

JUNIE.

Ah, Seigneur, vos vertus m'ont toûjours raſſurée.

NERON.

Je pouvois de ces lieux luy défendre l'entrée.
Mais, Madame, je veux prevenir le danger,
Où ſon reſſentiment le pourroit engager.
Je ne veux point le perdre. Il vaut mieux que luy-meſme
Entende ſon Arreſt de la bouche qu'il aime.
Si ſes jours vous ſont chers, éloignez-le de vous
Sans qu'il ait aucun lieu de me croire jaloux.
De ſon banniſſement prenez ſur vous l'offenſe,
Et ſoit par vos diſcours, ſoit par voſtre ſilence,
Du moins par vos froideurs, faites luy concevoir
Qu'il doit porter ailleurs ſes vœux & ſon eſpoir.

JUNIE.

Moy ! Que je luy prononce un Arreſt ſi ſevere.
Ma bouche mille fois luy jura le contraire.
Quand meſme juſques-là je pourrois me trahir,
Mes yeux luy défendront, Seigneur, de m'obeyr.

NERON.

Caché prés de ces lieux je vous verray, Madame.
Rĕfermez voſtre amour dans le fond de voſtre ame.
Vous n'aurez point pour moy de langages ſecrets.
J'entendray des regards que vous croirez muets.

Et ſa perte ſera l'infaillible ſalaire
D'un geſte, ou d'un ſoûpir échappé pour luy plaire.

JUNIE.

Helas ! ſi j'oſe encor former quelques ſouhaits,
Seigneur, permettez-moy de ne le voir jamais.

SCENE IV.

NERON, JUNIE, NARCISSE.

NARCISSE.

BRitannicus, Seigneur, demande la Princeſſe.
Il approche.

NERON.

Qu'il vienne.

JUNIE.

Ah Seigneur !

NERON.

Je vous laiſſe.
Sa fortune dépend de vous plus que de moy.
Madame, en le voyant, ſongez que je vous voy.

SCENE V.

JUNIE, NARCISSE.

JUNIE.

AH, cher Narciſſe, cours au devant de ton Maître.
Dy luy… Je ſuis perduë, & je le voy paroître.

SCENE VI.

JUNIE, BRITANNICUS,

NARCISSE.

BRITANNICUS.

MAdame, quel bon-heur me rapproche de vous ?
Quoy je puis dõc joüir d'un entretiẽ ſi doux ?
Mais parmy ce plaiſir quel chagrin me devore !
Helas ! puis-je eſperer de vous revoir encore ?
Faut-il que je dérobe avec mille détours
Un bon-heur que vos yeux m'accordoient tous les jours ?

Quelle nuit ! Quel réveil ! Vos pleurs, voſtre preſence
N'ont point de ces cruels deſarmé l'inſolence ?

Que faisoit voſtre Amant ? Quel demon envieux
M'a refuſé l'honneur de mourir à vos yeux ?
Helas ! dans la frayeur dont vous eſtiez atteinte
M'avez-vous en ſecret adreſſé quelque plainte ?
Ma Princeſſe, avez-vous daigné me ſouhaiter ?
Sõgiez-vous aux douleurs que vous m'alliez coûter ?
Vous ne me dites rien ? Quel accueil ! Quelle glace !
Eſt-ce ainſi que vos yeux conſolent ma diſgrace ?
Parlez. Nous ſommes ſeuls. Noſtre ennemy trompé
Tandis que je vous parle eſt ailleurs occupé.
Ménageons les momens de cette heureuſe abſence.

JUNIE.

Vous eſtes en des lieux tout pleins de ſa puiſſance.
Ces murs meſmes, Seigneur, peuvent avoir des yeux,
Et jamais l'Empereur n'eſt abſent de ces lieux.

BRITANNICUS.

Et depuis quand, Madame, eſtes-vous ſi craintive ?
Quoy déja voſtre amour ſouffre qu'on le captive ?
Qu'eſt devenu ce cœur qui me juroit toûjours
De faire à Neron meſme envier nos amours ?
Mais banniſſez, Madame, une inutile crainte.
La foy dans tous les cœurs n'eſt pas encore eſteinte.
Chacun ſemble des yeux approuver mon courroux ;
La Mere de Neron ſe declare pour nous ;
Rome de ſa conduite elle meſme offenſée…

JUNIE.

Ah Seigneur, vous parlez contre voſtre penſée.
Vous meſme vous m'avez avoüé mille fois
Que Rome le loüoit d'une commune voix.

Toûjours à ſa vertu vous rendiez quelque hõmage.
Sans doute la douleur vous dicte ce langage.

BRITANNICUS.

Ce diſcours me ſurprend, il le faut avoüer.
Je ne vous cherchois pas pour l'entendre loüer.
Quoy pour vous confier la douleur qui m'accable
A peine je dérobe un moment favorable.
Et ce moment ſi cher, Madame, eſt conſumé
A loüer l'ennemy dont je ſuis opprimé ?
Qui vous rend à vous même en un jour ſi contraire ?
Quoy meſme vos regards ont appris à ſe taire ?
Que vois-je ? Vous craignez de rencontrer mes yeux ?
Neron vous plairoit-il ? Vous ferois-je odieux ?
Ah ! ſi je le croyois… Au nom des Dieux, Madame,
Eſclairciſſez le trouble où vous jettez mon ame.
Parlez. Ne ſuis-je plus dans voſtre ſouvenir ?

JUNIE.

Retirez-vous, Seigneur, l'Empereur va venir.

BRITANNICUS.

Apres ce coup, Narciſſe, à qui doy-je m'attendre ?

SCENE VII.

NERON, JUNIE, NARCISSE.

NERON.

MAdame…

JUNIE.

Non, Seigneur, je ne puis rien entendre.
Vous eſtes obey. Laiſſez couler du moins
Des larmes, dont ſes yeux ne ſeront pas témoins.

SCENE VIII.

NERON, NARCISSE.

NERON.

HÉ bien de leur amour tu vois la violence,
Narciſſe, elle a paru juſques dans ſon ſilence.
Elle aime mon Rival, je ne puis l'ignorer.
Mais je mettray ma joye à le deſeſperer.
Je me fay de ſa peine une image charmante,
Et je l'ay veu douter du cœur de ſon Amante.
Je la ſuy. Mon Rival t'attend pour éclater
Par de nouveaux ſoupçons, va cours le tourmenter.
Et tandis qu'à mes yeux on le pleure, on l'adore,
Fay luy payer bien cher un bon-heur qu'il ignore.
NARCISSE ſeul.

La fortune t'appelle une ſeconde fois,
Narciſſe, voudrois tu reſiſter à ſa voix ?
Suivons juſques au bout ſes ordres favorables,
Et pour nous rẽdre heureux perdons les miſerables.

Fin du ſecond Acte.

46

ACTE III.

SCENE PREMIERE.

NERON, BURRHUS,

BURRHUS.

PAllas obeïra, Seigneur.

NERON.

Et de quel œil
Ma Mere a-t-elle veu confondre ſon orgueil ?

BURRHUS.

Ne doutez point, Seigneur, que ce coup ne la frappe,
Qu'en reproches bien toſt ſa douleur ne s'échappe.
Ses tranſports dés long-temps commẽcent d'éclater.
A d'inutiles cris puiſſent-ils s'arreſter.

NERON.

Quoy ? De quelque deſſein la croyez-vous capable ?

BURRHUS.

Agrippine, Seigneur, eſt toûjours redoutable.
Rome, & tous vos Soldats honorent ſes Ayeux,
Germanicus ſon Pere eſt preſent à leurs yeux.

Elle fçait fon pouvoir : Vous fçavez fon courage.
Et ce qui me la fait redouter d'avantage,
C'eft que vous appuyez vous mefme fon courroux,
Et que vous luy donnez des armes contre vous.

NERON.

Moy, Burrhus ?

BURRHUS.

Cét amour, Seigneur, qui vous poffede…

NERON.

Je vous entens, Burrhus, le mal eft fans remede.
Mon cœur s'en eft plus dit que vous ne m'en direz.
Il faut que j'aime enfin.

BURRHUS.

Vous vous le figurez,
Seigneur, & fatiffait de quelque refiftance
Vous redoutez un mal foible dans fa naiffance.
Mais fi dans fa fierté voftre cœur affermy
Vouloit ne point s'entendre avec fon ennemy,
Si de vos premiers ans vous confultiez la gloire,
Si vous daigniez, Seigneur, rappeller la memoire
Des vertus d'Octavie, indignes de ce prix,
Et de fon chafte amour vainqueur de vos mépris ;
Sur tout fi de Junie évitant la prefence
Vous condãniez vos yeux à quelques jours d'abfêce,
Croyez-moy, quelque amour qui femble vous charmer,
On n'aime point, Seigneur, fi l'on ne veut aimer.

NERON.

Je vous croiray, Burrhus, lors que dans les alarmes
Il faudra foûtenir la gloire de nos armes,
Où lors que plus tranquille affis dans le Senat
Il faudra decider du deftin de l'Eftat :
Je m'en repoferay fur voftre experience.
Mais, croyez-moy, l'Amour eft une autre fcience,

Burrhus, & je ferois quelque difficulté
D'abaiffer jufques-là voftre feverité.
Adieu, je fouffre trop éloigné de Junie.

SCENE II.

BURRHUS feul.

HÉ bien, Burrhus, Neron découvre fon genie.
Cette ferocité que tu croyois flêchir
De tes foibles liens eft prefte à s'affranchir.
En quels excez peut-eftre elle va fe répandre !
O dieux ! En ce mal-heur quel confeil dois-je prẽdre ?
Seneque, dont les foins me devroient foulager,
Occupé loin de Rome, ignore ce danger.
Mais quoy ? Si d'Agrippine excitant la tendreffe
Je pouvois… La voicy, mon bon-heur me l'adreffe.

SCENE III.

AGRIPPINE, BURRHUS, ALBINE.

49

AGRIPPINE.

HÉ bien, je me trompois, Burrhus, dans mes ſoupçons ?
Et vous vous ſignalez par d'illuſtres leçons.
On exile Pallas, dont le crime peut-eſtre
Eſt d'avoir à l'Empire élevé voſtre Maiſtre.
Vous le ſçavez trop bien. Jamais ſans ſes avis
Claude qu'il gouvernoit n'euſt adopté mon Fils.
Que dis-je ? A ſon Eſpouſe on donne une Rivale.
On affranchit Neron de la foy conjugale.
Digne employ d'un Miniſtre ennemy des Flatteurs,
Choiſi pour mettre un frein à ſes jeunes ardeurs,
De les flatter luy-meſme, & nourrir dans ſon ame
Le mépris de ſa Mere & l'oubly de ſa Femme !

BURRHUS.

Madame, juſqu'icy c'eſt trop toſt m'accuſer.
L'Empereur n'a rien foit qu'on ne puiſſe excuſer.
N'imputez qu'à Pallas un exil neceſſaire,
Son orgueil des long-temps exigeoit ce ſalaire,
Et l'Empereur ne fait qu'accomplir à regret
Ce que toute la Cour demandoit en ſecret.
Le reſte eſt un malheur qui n'eſt point ſãs reſſource.
Des larmes d'Octavie on peut tarir la ſource.

Mais calmez vos trãſports. Par un chemin plus doux
Vous luy pourrez pluſtoſt ramener ſon Eſpoux.
Les menaſſes, les cris le rendront plus farouche.

AGRIPPINE.

Ah ! L'on s'efforce en vain de me fermer la bouche.
Je voy que mon ſilence irrite vos dédains,
Et c'eſt trop reſpecter l'ouvrage de mes mains.
Pallas n'emporte pas tout l'appuy d'Agrippine,

Le Ciel m'en laiſſe aſſez pour vanger ma ruine.
Le Fils de Claudius commence à reſſentir
Des crimes, dont je n'ay que le ſeul repentir.
J'iray, n'en doutez point, le monſtrer à l'Armée,
Plaindre aux yeux des Soldats ſon enfâce opprimée,
Leur faire à mon exemple expier leur erreur.
On verra d'un coſté le Fils d'un Empereur,
Redemandant la foy jurée à ſa famille,
Et de Germanicus on entendra la Fille ;
De l'autre l'on verra le Fils d'Enobarbus,
Appuyé de Seneque, & du Tribun Burrhus,
Qui tous deux de l'exil rappellez par moy-meſme
Partagent à mes yeux l'autorité ſuprême.
De nos crimes communs je veux qu'on ſoit inſtruit.
On ſçaura les chemins par où je l'ay conduit.
Pour rendre ſa puiſſance & la voſtre odieuſes,
J'avoüray les rumeurs les plus injurieuſes.
Je confeſſeray tout, exils, aſſaſſinats,
Poiſon meſme…

BURRHUS.

Madame, ils ne vous croiront pas.
Ils ſçauront reculer l'injuſte ſtratagême
D'un témoin irrité qui s'accuſe luy-meſme.
Pour moy qui le premier ſeconday vos deſſeins,
Qui fis meſme jurer l'Armée entre ſes mains.
Je ne me repens point de ce zele ſincere.
Madame, c'eſt un Fils, qui ſuccede à ſon Pere.
En adoptant Neron, Claudius par ſon choix

De ſon Fils & du voſtre a confondu les droits.
Rome l'a pû choiſir. Ainſi ſans eſtre injuſte
Elle choiſit Tibere adopté par Auguſte,
Et le jeune Agrippa de ſon ſang deſcendu
Se vit exclus d'un rang vainement pretendu.

Sur tant de fondemens ſa puiſſance eſtablie
Par vous même aujourd'huy ne peut-eſtre affoiblie.
Et s'il m'écoute encor, Madame, ſa bonté
Vous en fera bien-toſt perdre la volonté.
J'ay commencé, je vais pourſuivre mon ouvrage.

SCENE IV.

AGRIPPINE, ALBINE.

ALBINE.

DAns quel emportemẽt la douleur vous engage,
Madame ! L'Empereur puiſſe-t-il l'ignorer !

AGRIPPINE.

Ah luy-meſme à mes yeux puiſſe-t-il ſe monſtrer !

ALBINE.

Madame, au nom des Dieux, cachez voſtre colere.
Quoy pour les intereſts de la Sœur ou du Frere

Faut-il ſacrifier le repos de vos jours ?
Contraindrez-vous Ceſar juſques dans ſes amours ?

AGRIPPINE.

Quoy tu ne vois donc pas juſqu'où l'on me ravale,
Albine ? C'eſt à moy qu'on donne une Rivale.
Bien-toſt ſi je ne romps ce funeſte lien,
Ma place eſt occupée, & je ne ſuis plus rien.

Juſqu'icy d'un vain titre Octavie honorée
Inutile à la Cour, en eſtoit ignorée.
Les graces, les honneurs par moy ſeule verſez
M'attiroient des mortels les vœux intereſſez.
Une autre de Ceſar a ſurpris la tendreſſe,
Elle aura le pouvoir d'Eſpouſe & de Maiſtreſſe,
Le fruit de tant de ſoins, la pompe des Ceſars,
Tout deviendra le prix d'un ſeul de ſes regards.
Que dis-je ? L'on m'évite & déja délaiſſée…
Ah je ne puis, Albine, en ſouffrir la penſée.
Quand je devrois du Ciel haſter l'Arreſt fatal,
Neron, l'ingrat Neron… Mais voicy ſon Rival.

SCENE V.

BRITANNICUS, AGRIPPINE,
NARCISSE, ALBINE.

BRITANNICUS.

NOs ennemis communs ne ſont pas invincibles,
Madame. Nos mal-heurs trouvent des cœurs ſenſibles.
Vos amis & les miẽs juſqu'alors ſi ſecrets,
Tandis que nous perdions le temps en vains regrets,
Animez du courroux qu'allume l'injuſtice
Viennent de confier leur douleur à Narciſſe.
Neron n'eſt pas encor tranquille poſſeſſeur
De l'Ingrate, qu'il aime au mépris de ma Sœur.
Si vous eſtes toûjours ſenſible à ſon injure,
On peut dans ſon devoir ramener le Parjure.
La moitié du Senat s'intereſſe pour nous.
Sylla, Piſon, Plautus…

AGRIPPINE.

Prince que dites-vous ?
Sylla, Pifon, Plautus ! Les chefs de la Nobleffe !

BRITANNICUS.

Madame, je voy bien que ce difcours vous bleffe,
Et que voftre courroux tremblant, irrefolu,
Craint déja d'obtenir tout ce qu'il a voulu.
Non, vous avez trop bien eftably ma difgrace.
D'aucun Amy pour moy ne redoutez l'audace.

Il ne m'en refte plus, & vos foins trop prudens
Les ont tous écartez ou feduits dés long-temps.

AGRIPPINE.

Seigneur, à vos foupçons donnez moins de creance
Noftre falut depend de noftre intelligence.
J'ay promis, il fuffit. Malgré vos ennemis
Je ne revoque rien de ce que j'ay promis.
Le coupable Neron fuit en vain ma colere.
Toft ou tard il faudra qu'il entende fa Mere.
J'effayray tour à tour la force & la douceur.
Où moy-mefme avec moy conduifant voftre Sœur,
J'iray femer par tout ma crainte & fes alarmes,
Et ranger tous les cœurs du party de fes larmes.
Adieu. J'affiegeray Neron de toutes parts.
Vous, fi vous m'en croyez, évitez fes regards.

SCENE VI.

BRITANNICUS, NARCISSE.

BRITANNICUS.

NE m'as-tu point flatté d'une fauſſe eſperance ?
Puis-je ſur ton recit fonder quelque aſſurãce,
Narciſſe ?

NARCISSE.

Ouy. Mais, Seigneur, ce n'eſt pas en ces lieux
Qu'il faut développer ce myſtere à vos yeux.

Sortons. Qu'attendez-vous ?

BRITANNICUS.

Ce que j'attens, Narciſſe ?
Helas !

NARCISSE.

Expliquez-vous.

BRITANNICUS.

Si par ton artifice,
Je pouvois revoir…

NARCISSE.

Qui ?

BRITANNICUS.

J'en rougis. Mais enfin
D'un cœur moins agité j'attendrois mon deſtin.

NARCISSE.

Apres tous mes diſcours vous la croyez fidelle ?

BRITANNICUS.

Non, je la croy, Narciſſe, ingrate, criminelle,
Digne de mon courroux. Mais je ſens malgré moy,
Que je ne le croy pas autant que je le doy.
Dans ſes égaremens mon cœur opiniaſtre
Luy preſte des raiſons, l'excuſe, l'idolâtre.
Je voudrois vaincre enfin mon incredulité,
Je la voudrois haïr avec tranquillité.
Et qui croira qu'un cœur ſi grand en apparence,
D'une infidelle Cour ennemy dés l'enfance,
Renonce à tant de gloire, & dés le premier jour
Trame une perfidie, inoüie à la Cour ?

NARCISSE.

Et qui ſçait ſi l'Ingrate en ſa longue retraite
N'a point de l'Empereur medité la défaite ?
Trop ſeure que ſes yeux ne pouvoient ſe cacher
Peut-eſtre elle fuyoit pour ſe faire chercher,

Pour exciter Ceſar par la gloire penible
De vaincre une fierté juſqu'alors invincible.

BRITANNICUS.

Je ne la puis donc voir ?

NARCISSE.

Seigneur, en ce moment
Elle reçoit les vœux de ſon nouvel Amant.

BRITANNICUS.

Hé bien, Narciſſe, allons. Mais que vois-je ? C'eſt elle.

NARCISSE.

Ah Dieux ! A l'Empereur portons cette nouvelle.

SCENE VII.

BRITANNICUS, JUNIE.

JUNIE.

REtirez-vous, Seigneur, & fuyez un courroux
Que ma perſeverance allume contre vous.
Neron eſt irrité. Je me ſuis échappée
Tandis qu'à l'arreſter ſa Mere eſt occupée.
Adieu, reſervez-vous, ſans bleſſer mon amour,
Au plaiſir de me voir juſtifier un jour.
Votre image ſans ceſſe eſt preſente à mon ame.
Rien ne l'en peut bannir.

BRITANNICUS.

Je vous entens, Madame.
Vous voulez que ma fuite aſſure vos deſirs,
Que je laiſſe un chãp libre à vos nouveaux ſoûpirs.
Sans doute, en me voyant, une pudeur ſecrete
Ne vous laiſſe gouſter qu'une joye inquiete.
Hé bien il faut partir.

JUNIE.

Seigneur, ſans m'imputer…

BRITANNICUS.

Ah ! vous deviez du moins plus long-temps diſputer.
Je ne murmure point qu'une amitié commune
Se range du party que flatte la fortune,
Que l'éclat d'un Empire ait pû vous ébloüir ;
Qu'aux dépens de ma Sœur vous en vouliez joüir.
Mais que de ces grandeurs cõme une autre occupée
Vous m'en ayez paru ſi long-temps détrompée ;
Non, je l'avoüe encor, mon cœur deſeſperé
Contre ce ſeul mal-heur n'étoit point preparé.
J'ay veu ſur ma ruine élever l'injuſtice.
De mes Perſecuteurs j'ay veu le Ciel complice.
Tant d'horreurs n'avoiẽt point épuiſé ſon courroux,
Madame. Il me reſtoit d'eſtre oublié de vous.

JUNIE.

Dans un temps plus heureux ma juſte impatience
Vous feroit repentir de voſtre défiance.
Mais Neron vous menaſſe. En ce preſſant danger,
Seigneur, j'ay d'autres ſoins que de vous affliger.
Allez, raſſurez-vous, & ceſſez de vous plaindre,
Neron nous écoutait, & m'ordonnoit de feindre.

BRITANNICUS.

Quoy le cruel ?…

JUNIE.

Témoin de tout noftre entretien
D'un vifage fevere examinoit le mien,
Preft à faire fur vous éclater la vangeance
D'un gefte, confident de noftre intelligence.

BRITANNICUS.

Neron nous écoutoit, Madame ! Mais, helas !
Vos yeux auroient pû feindre & ne m'abufer pas.
Ils pouvoient me nommer l'auteur de cét outrage.
L'amour eft-il muet, ou n'a-t-il qu'un langage ?
De quel trouble un regard pouvoit me preferver ?
Il falloit…

JUNIE.

Il falloit me taire, & vous fçauver.
Combien de fois, helas ! puis qu'il faut vous le dire,
Mon cœur de fon defordre alloit-il vous inftruire ?
De combien de foûpirs interrompant le cours
Ay-je évité vos yeux que je cherchois toûjours !
Quel tourment de fe taire en voyant ce qu'on aime !
De l'entendre gemir, de l'affliger foy-mefme,
Lors que par un regard on peut le confoler !
Mais quels pleurs ce regard auroit-il fait couler !
Ah ! dans ce fouvenir inquiete, troublée,
Je ne me fentois pas affez diffimulée.
De mon front effrayé je craignois la pafleur,
Je trouvois mes regards, trop pleins de ma douleur.
Sans ceffe il me fembloit que Neron en colere
Me venoit reprocher trop de foin de vous plaire,
Je craignois mon amour vainement renfermé,
Enfin, j'aurois voulu n'avoir jamais aimé.
Helas ! pour fon bon-heur, Seigneur, & pour le nôtre,
Il n'eft que trop inftruit de mon cœur & du voftre.
Allez encore un coup, cachez vous à fes yeux.

Mon cœur plus à loifir vous éclaircira mieux.
De mille autres fecrets j'aurois conte à vous rendre.

BRITANNICUS.

Ah ! N'en voilà que trop pour me faire comprendre,
Madame, mon bon-heur, mon crime, vos bontez.
Et fçavez-vous pour moy tout ce que vous quittez ?

Quand pourray-je à vos piez expier ce reproche ?

JUNIE.

Que faites-vous ? Helas, voftre Rival s'approche.

SCENE VIII.

NERON, BRITANNICUS, JUNIE.

NERON.

PRince, continuez des tranfports fi charmans.
Je conçoy vos bontez par fes remercimens,
Madame, à vos genoux je viens de le furprendre.
Mais il auroit auffi quelque grace à me rendre,
Ce lieu le favorife, & je vous y retiens
Pour luy faciliter de fi doux entretiens.

BRITANNICUS.

Je puis mettre à fes pieds ma douleur, ou ma joye,
Par tout où fa bonté confent que je la voye.

Et l'afpect de ces lieux, où vous la retenez
N'a rien dont mes regards doivent eftre eftonnez.

NERON.

Et que vous monftrent-ils qui ne vous avertiffe
Qu'il faut qu'on me refpecte, & que l'on m'obeïffe ?

BRITANNICUS.

Ils ne nous ont pas veuë l'un & l'autre élever,
Moy pour vous obeïr, & vous pour me braver,
Et ne s'attendoiët pas, lors qu'ils nous virent naître,
Qu'un jour Domitius me dût parler en maiftre.

NERON.

Ainfi par le deftin nos vœux font traverfez,
J'obeïffois alors, & vous obeïffez.
Si vous n'avez appris à vous laiffer conduire,
Vous eftes jeune encore, & l'on peut vous inftruire.

BRITANNICUS.

Et qui m'en inftruira ?

NERON.

Tout l'Empire à la fois,
Rome.

BRITANNICUS.

Rome met elle au nombre de vos droits
Tout ce qu'a de cruel l'injuftice & la force,
Les emprifonnemens, le rapt, & le divorce ?

NERON.

Rome ne porte point ſes regards curieux
Juſques dans des ſecrets que je cache à ſes yeux.
Imitez ſon reſpect.

BRITANNICUS.

On ſçait ce qu'elle en penſe.

NERON.

Elle ſe taiſt du moins, imitez ſon ſilence.

BRITANNICUS.

Ainſi Neron commence à ne ſe plus forcer.

NERON.

Neron de vos diſcours commence à ſe laſſer.

BRITANNICUS.

Chacun devoit benir le bon-heur de ſon regne.

NERON.

Heureux ou mal-heureux, il ſuffit qu'on me craigne.

BRITANNICUS.

Je connoy mal Junie, ou de tels ſentimens
Ne meriteront pas ſes applaudiſſemens.

NERON.

Du moins fi je ne fçay le fecret de luy plaire,
Je fçay l'art de punir un Rival temeraire.

BRITANNICUS.

Pour moy, quelque peril qui me puiffe accabler,
Sa feule inimitié peut me faire trembler.

NERON.

Souhaittez la. C'eft tout ce que je vous puis dire.

BRITANNICUS.

Le bon-heur de luy plaire eft le feul où j'afpire.

NERON.

Elle vous l'a promis, vous luy plairez toûjours.

BRITANNICUS.

Je ne fçay pas du moins épier fes difcours.
Je la laiffe expliquer fur tout ce qui me touche,
Et ne me cache point pour luy fermer la bouche.

NERON.

Je vous entens. Hé bien, Gardes.

JUNIE.

Que faites-vous ?
C'eft voftre Frere. Helas ! C'eft un Amant jaloux.
Seigneur, mille mal-heurs perfecutent fa vie.
Ah ! fon bon-heur peut-il exciter voftre envie ?
Souffrez que de vos cœurs rapprochant les liens,

Je me cache à vos yeux, & me dérobe aux ſiens.
Ma fuite arreſtera vos diſcordes fatales,
Seigneur, j'iray remplir le nombre des Veſtales.
Ne luy diſputez plus mes vœux infortunez,
Souffrez que les Dieux ſeuls en ſoient importunez.

NERON.

L'entrepriſe, Madame, eſt eſtrange & ſoudaine.
Dans ſon Apartement, Gardes, qu'on la rameine.
Gardez Britannicus dans celui de ſa Sœur.

BRITANNICUS.

C'eſt ainſi que Neron ſçait diſputer un cœur.

JUNIE.

Prince, ſans l'irriter, cedons à cét orage.

NERON.

Gardes, obeïſſez, ſans tarder d'avantage.

SCENE IX.

NERON, BURRHUS.

BURRHUS.

QUe vois-je ? O Ciel !
NERON. ſans voir Burrhus.

Ainſi leurs feux ſont redoublez.

Je reconnoy la main qui les a raſſemblez.
Agrippine ne s'eſt preſentée à ma veuë,
Ne s'eſt dans ſes diſcours ſi long-temps eſtenduë,
Que pour faire joûer ce reſſort odieux.
Qu'on ſçache ſi ma Mere eſt encore en ces lieux.
Burrhus, dans ce Palais je veux qu'on la retienne,
Et qu'au lieu de ſa Garde, on luy donne la mienne.

BURRHUS.

Quoy, Seigneur ? ſans l'oüir ? Une Mere ?

NERON.

Arreſtez,
J'ignore quel projet, Burrhus, vous meditez.

Mais depuis quelques jours tout ce que je deſire
Trouve en vous un Cenſeur, preſt à me contredire.
Répondez m'en vous dis-je, ou ſur voſtre refus
D'autres me répondront & d'Elle, & de Burrhus.

Fin du troiſiéme Acte.

ACTE IV.

SCENE PREMIERE.

AGRIPPINE, BURRHUS

BURRHUS.

OUY Madame, à loifir vous pourrez vous défendre.
Cefar luy mefme icy confent de vous entendre.
Si fon ordre au Palais vous a fait retenir,
C'eft peut-eftre à deffein de vous entretenir.
Quoy qu'il en foit, fi j'ofe expliquer ma penfée,
Ne vous fouvenez plus qu'il vous ait offenfée.
Preparez-vous pluftoft à luy tendre les bras.
Défendez-vous, Madame, & ne l'accufez pas.
Vous le voyez, c'eft luy feul que la Cour envifage.
Quoy qu'il foit voftre Fils, & même voftre ouvrage,
Il eft voftre Empereur. Vous eftes, comme nous
Sujette à ce pouvoir qu'il a receu de vous.
Selon qu'il vous menaffe, ou bien qu'il vous careffe,
La Cour autour de vous ou s'écarte ou s'empreffe.

C'eft fon appuy qu'on cherche, en cherchant vôtre appuy.
Mais voicy l'Empereur.

AGRIPPINE.

Qu'on me laiffe avec luy.

SCENE II.

AGRIPPINE, NERON.

AGRIPPINE s'affeyant.

APprochez-vous, Neron, & prenez voftre place.
On veut fur vos foupçõs que je vous fatisfaffe.

J'ignore de quel crime on a pû me noircir.
De tous ceux que j'ay faits je vais vous éclaircir.
Vous régnez. Vous fçavez combien voftre naiffance
Entre l'Empire & vous avoit mis de diftance.
Les droits de mes Ayeux que Rome a confacrez,
Eftoient mefme, fans moy, d'inutiles degrez.
Quand de Britannicus la Mere condamnée
Laiffa de Claudius difputer l'Hymenée,
Parmy tant de Beautez qui briguerent fon choix,
Qui de fes Affranchis mandierent les voix,
Je fouhaittay fon lit, dans la feule penfée
De vous laiffer au Trône, où je ferois placée.
Je flêchis mon orgueil, j'allayi prier Pallas.
Son Maiftre chaque jour careffé dans mes bras

Prit infenfiblement dans les yeux de fa Niéce
L'amour, où je voulois amener fa tendreffe.
Mais ce lien du fang qui nous joignoit tous deux
Efcartoit Claudius d'un lit inceftueux.
Il n'ofoit époufer la Fille de fon Frere.
Le Senat fut féduit. Une loy moins fevere
Mit Claude dans mon lit, & Rome à mes genoux.
C'étoit beaucoup pour moy, ce n'étoit rien pour vous.
Je vous fis fur mes pas entrer dans fa Famille.
Je vous nomay fon Gendre, & vous donnay fa Fille.
Silanus qui l'aimoit, s'en vit abandonné,
Et marqua de fon fang ce jour infortuné.
Ce n'étoit rien encore. Euffiez-vous pû pretendre
Qu'un jour Claude à fon Fils dût preferer fon Gendre ?
De ce mefme Pallas j'imploray le fecours,
Claude vous adopta, vaincu par fes difcours,
Vous appella Neron, & du pouvoir fuprême
Voulut avant le temps vous faire part luy-mefme.
C'eft alors que chacun rappellant le paffé
Découvrit mon deffein, déja trop avancé,

Que de Britannicus la diſgrace future
Des amis de ſon Pere excita le murmure.
Mes promeſſes aux uns ébloüirent les yeux,
L'exil me délivra des plus ſeditieux.
Claude même laſſé de ma plainte éternelle
Eſloigna de ſon Fils tous ceux, de qui le zele
Engagé dés long-temps à ſuivre ſon deſtin,
Pouvoit du Trône encor luy rouvrir le chemin.
Je fis plus : Je choiſis moy-même dans ma ſuite
Ceux à qui je voulois qu'on livraſt ſa conduite.
J'eus ſoin de vous nommer, par un contraire choix,
Des Gouverneurs que Rome honoroit de ſa voix.

Je fus ſourde à la brigue, & crus la Renommée.
J'appellay de l'exil, je tiray de l'Armée,
Et ce même Seneque, & ce même Burrhus,
Qui depuis… Rome alors eſtimoit leurs vertus.
De Claude en même temps épuiſant les richeſſes
Ma main, ſous vôtre nom, répandoit ſes largeſſes.
Les Spectacles, les dons, invincibles appas
Vous attiroient les cœurs du Peuple, & des Soldats,
Qui d'ailleurs, réveillant leur tendreſſe premiere
Favoriſoient en vous Germanicus mon Pere.
Cependant Claudius panchoit vers ſon declin.
Ses yeux, long-temps fermez s'ouvrirent à la fin.
Il connût ſon erreur. Occupé de ſa crainte
Il laiſſa pour ſon Fils échapper quelque plainte,
Et voulût, mais trop tard, aſſembler ſes Amis.
Ses Gardes, ſon Palais, ſon lit m'étoient ſoûmis.
Je luy laiſſay ſans fruit conſumer ſa tendreſſe,
De ſes derniers ſoûpirs je me rendis maiſtreſſe,
Mes ſoins, en apparence épargnant ſes douleurs,
De ſon Fils, en mourant, luy cacherent les pleurs.
Il mourut. Mille bruits en courent à ma honte.
J'arreſtay de ſa mort la nouvelle trop prompte :

Et tandis que Burrhus alloit fecrettement
De l'Armée en vos mains exiger le ferment.
Que vous marchiez au Camp, conduit fous mes aufpices,
Dans Rome les Autels fumoient de facrifices,
Par mes ordres trompeurs tout le Peuple excité
Du Prince déja mort demandoit la fanté.
Enfin des Legions l'entiere obeïffance
Ayant de voftre Empire affermy la puiffance,
On vit Claude, & le Peuple eftonné de fon fort
Apprit en même temps voftre regne, & fa mort.
C'eft le fincere aveu que je voulois vous faire.
Voilà tous mes forfaits. En voicy le falaire.
Du fruit de tant de foins à peine joüiffant
En avez vous fix mois paru reconnoiffant,
Que laffé d'un refpect, qui vous gênoit peut-eftre,
Vous avez affecté de ne me plus connaiftre.
J'ay vû Burrhus, Seneque, aigriffant vos foupçons
De l'infidelité vous tracer des leçons,
Ravis d'eftre vaincus dans leur propre fcience.
J'ay veu favorifer de voftre confiance
Othon, Senecion, jeunes voluptueux,
Et de tous vos plaifirs flatteurs refpectueux.
Et lors que vos mépris excitant mes murmures,
Je vous ay demandé raifon de tant d'injures,
(Seul recours d'un Ingrat qui fe voit confondu)
Par de nouveaux affronts vous m'avez répondu.
Aujourd'huy je promets Junie à voftre Frere,
Ils fe flattent tous deux du choix de voftre Mere,
Que faites-vous ? Junie enlevée à la Cour
Devient en une nuit l'objet de voftre amour.
Je voy de voftre cœur Octavie effacée
Prefte à fortir du lit, où je l'avois placée.
Je voy Pallas banny, voftre Frere arrefté,
Vous attentez enfin jufqu'à ma liberté,
Burrhus ofe fur moy porter fes mains hardies.

Et lors que convaincu de tant de perfidies
Vous deviez ne me voir que pour les expier,
C'eſt vous, qui m'ordonnez de me juſtifier.

NERON.

Je me ſouviens toûjours que je vous doy l'Empire.
Et ſans vous fatiguer du ſoin de le redire,
Voſtre bonté, Madame, avec tranquillité
Pouvoit ſe repoſer ſur ma fidelité.
Auſſi-bien ces ſoupçons, ces plaintes aſſiduës
Ont fait croire à tous ceux qui les ont entenduës,
Que jadis (j'oſe icy vous le dire entre nous)
Vous n'aviez ſous mõ nom travaillé que pour vous.
Tant d'honneurs (diſoient-ils) & tant de déferences
Sont-ce de ſes bien-faits de foibles recompenſes ?
Quel crime a donc commis ce Fils tant condamné ?
Eſt-ce pour obeyr qu'elle l'a couronné ?
N'eſt-il de ſon pouvoir que le Dépoſitaire ?
Non, que ſi juſques-là j'avois pû vous complaire,
Je n'euſſe pris plaiſir, Madame, à vous ceder
Ce pouvoir que vos cris ſembloient redemander.
Mais Rome veut un Maiſtre, & non une Maiſtreſſe.
Vous entendiez les bruits qu'excitoit ma foibleſſe.
Le Senat chaque jour, & le Peuple irritez
De s'oüir par ma voix dicter leurs volontez,
Publioient qu'en mourant Claude avec ſa puiſſance
M'avoit encor laiſſé ſa ſimple obeïſſance.
Vous avez veu cent fois nos Soldats en courroux
Porter en murmurant leurs Aigles devant vous,
Honteux de rabaiſſer par cét indigne uſage
Les Heros, dont encore elles portent l'image.
Toute autre ſe feroit renduë à leurs diſcours,
Mais ſi vous ne regnez, vous vous plaignez toûjours.
Avec Britannicus contre moy reünie

Vous le fortifiez du party de Junie,
Et la main de Pallas trame tous ces complots.
Et lors que, malgré moy, j'affure mon repos,
On vous voit de colere, & de haïne animée.
Vous voulez prefenter mon Rival à l'Armée.
Déja jufques au Camp le bruit en a couru.

AGRIPPINE.

Moy, le faire Empereur, Ingrat ? L'avez-vous crû ?

Quel feroit mon deffein ? Qu'aurois-je pû pretendre ?
Quels honneurs dans fa Cour, quel rang pourrois-je attendre ?
Ah ! fi fous voftre Empire on ne m'épargne pas,
Si mes Accufateurs obfervent tous mes pas,
Si de leur Empereur ils pourfuivent la Mere,
Que ferois-je au milieu d'une Cour eftrangere ?
Ils me reprocheroient, non des cris impuiffans,
Des deffeins eftouffez auffi-toft que naiffans,
Mais des crimes pour vous commis à voftre veuë,
Et dont je ne ferois que trop toft convaincuë.
Vous ne me trompez point, je voy tous vos dêtours,
Vous eftes un Ingrat, vous le fuftes toûjours.
Dés vos plus jeunes ans mes foins & mes tendreffes
N'ont arraché de vous que de feintes careffes.
Rien ne vous a pû vaincre, & voftre dureté
Auroit dû dans fon cours arrefter ma bonté.
Que je fuis mal-heureufe ! Et par quelle infortune
Faut-il que tous mes foins me rendent importune ?
Je n'ay qu'un Fils. O Ciel, qui m'entens aujourd'huy,
T'ay-je fait quelques vœux qui ne fuffent pour luy ?
Remors, crainte, perils, rien ne m'a retenuë.
J'ay vaincu fes mépris, j'ay detourné ma veuë
Des mal-heurs qui dés-lors me furent annoncez.
J'ay fait ce que j'ay pû, vous regnez, c'eft affez.

Avec ma liberté, que vous m'avez ravie,
Si vous le fouhaittez prenez encor ma vie ;
Pourveu que par ma mort tout le Peuple irrité
Ne vous raviffe pas ce qui m'a tant coufté.

NERON.

Hé bien donc, prononcez, que voulez-vous qu'on faffe ?

AGRIPPINE.

De mes Accufateurs qu'on puniffe l'audace,
Que de Britannicus on calme le courroux,
Que Junie à fon choix puiffe prendre un Epoux.
Qu'ils foient libres tous deux, & que Pallas demeure,
Que vous me permettiez de vous voir à toute heure,
Que ce même Burrhus, qui nous vient écouter,
A voftre porte enfin n'ofe plus m'arrefter.

NERON.

Ouy, Madame, je veux que ma reconnoiffance
Deformais dans les cœurs grave voftre puiffance,
Et je benis déja cette heureufe froideur
Qui de noftre amitié va rallumer l'ardeur.
Quoy que Pallas ait fait, il fuffit, je l'oublie.
Avec Britannicus je me reconcilie,
Et quant à cét amour qui nous a feparez,
Je vous fais noftre arbitre, & vous nous jugerez.
Allez donc, & portez cette joye à mon Frere.
Gardes, qu'on obeïffe aux ordres de ma Mere.

SCENE III.

NERON, BURRHUS.

BURRHUS.

QUe cette paix, Seigneur, & ces embraſſemens
Vont offrir à mes yeux des ſpectacles charmãs !
Vous ſçavez ſi jamais ma voix luy fut contraire,
Si de ſon amitié j'ay voulu vous diſtraire,
Et ſi j'ay merité cét injuſte courroux.

NERON.

Je ne vous flatte point, je me plaignois de vous,
Burrhus, je vous ay crus tous deux d'intelligence.
Mais ſon inimitié vous rend ma confiance.
Elle ſe haſte trop, Burrhus, de triompher.
J'embraſſe mon Rival, mais c'eſt pour l'étouffer.

BURRHUS.

Quoy, Seigneur !

NERON.

C'en eſt trop. Il faut que ſa ruïne
Me délivre à jamais des fureurs d'Agrippine
Tant qu'il reſpirera je ne vy qu'à demy.
Elle m'a fatigué de ce nom ennemy,
Et je ne pretens pas que ſa coupable audace
Une ſeconde fois luy promette ma place.

BURRHUS.

Elle va donc bien-toſt pleurer Britannicus.

NERON.

Avant la fin du jour je ne le craindray plus.

BURRHUS.

Et qui de ce deſſein vous inſpire l'envie ?

NERON.

Ma gloire, mon amour, ma ſureté, ma vie.

BURRHUS.

Non, quoy que vous diſiez, cét horrible deſſein
Ne fut jamais, Seigneur, conceu dans voſtre ſein.

NERON.

Burrhus !

BURRHUS.

De voſtre bouche, ô Ciel ! puis-je l'apprendre ?
Vous meſme ſans fremir avez vous pû l'entendre ?
Sõgez-vous dans quel ſang vous allez vous baigner ?
Neron dans tous les cœurs eſt-il las de regner ?
Que dira-t-on de vous ? Quelle eſt voſtre penſée ?

NERON.

Quoy toûjours enchaîné de ma gloire paſſée
J'auray devant les yeux je ne ſçay quel amour,
Que le hazard nous donne & nous oſte en un jour ?
Soûmis à tous leurs vœux, à mes deſirs contraire
Suis-je leur Empereur ſeulement pour leur plaire ?

BURRHUS.

Et ne ſuffit-il pas, Seigneur, à vos ſouhaits
Que le bon-heur public ſoit un de vos bien-faits ?

C'eſt à vous à choiſir, vous eſtes encor maiſtre.
Vertueux juſqu'icy, vous pouvez toûjours l'eſtre.
Le chemin eſt tracé, rien ne vous retient plus.
Vous n'avez qu'à marcher de vertus en vertus.
Mais ſi de vos flatteurs vous ſuivez la maxime,
Il vous faudra, Seigneur, courir de crime en crime,

Souſtenir vos rigueurs, par d'autres cruautez,
Et laver dans le ſang vos bras enſanglantez.
Britannicus mourant excitera le zele
De ſes Amis tout preſts à prendre ſa querelle.
Ces Vangeurs trouveront de nouveaux Défenſeurs,
Qui meſme apres leur mort auront des Succeſſeurs.
Vous allumez un feu qui ne pourra s'éteindre.
Craint de tout l'Univers il vous faudra tout craindre,
Toûjours punir, toûjours trembler dans vos projets,
Et pour vos ennemis compter tous vos ſujets.
Ah ! de vos premiers ans l'heureuſe experience
Vous fait elle, Seigneur, haïr voſtre innocence ?
Songez-vous au bon-heur qui les a ſignalez ?
Dans quel repos, ô Ciel ! les avez-vous coulez !
Quel plaiſir de penſer & de dire en vous-même,
Par tout, en ce moment, on me benit, on m'aime.
On ne voit point le Peuple à mon nom s'allarmer,
Le Ciel dans tous leurs pleurs ne m'entend point nommer.
Leur ſombre inimitié ne fuit point mon viſage,
Je voy voler par tout les cœurs à mon paſſage !
Tels eſtoient vos plaiſirs. Quel changement, ô Dieux !
Le ſang le plus abject vous eſtoit precieux.
Un jour, il m'en ſouvient, le Senat équitable
Vous preſſoit de ſouſcrire à la mort d'un Coupable.
Vous reſiſtiez, Seigneur, à leur ſeverité,
Voſtre cœur s'accuſoit de trop de cruauté,
Et plaignant les mal-heurs attachez à l'Empire,
Je voudrois, diſiez-vous, ne ſçavoir pas écrire.

Non, ou vous me croirez, ou bien de ce mal-heur
Ma mort m'épargnera la veuë & la douleur.
On ne me verra point furvivre à voftre gloire.
Si vous allez commettre une action fi noire,
Il fe jette à genoux.
Me voilà preft, Seigneur. Avant que de partir,
Faites percer ce cœur qui n'y peut confentir.
Appellez les cruels qui vous l'ont infpirée,
Qu'ils viennent effayer leur main mal affurée.
Mais je voy que mes pleurs touchent mon Empereur.
Je voy que fa vertu fremit de leur fureur.
Ne perdez point de temps, nõmez-moy les perfides
Qui vous ofent donner ces confeils parricides.
Appellez voftre Frere. Oubliez dans fes bras…

NERON.

Ah ! Que demandez-vous !

BURRHUS.

Non, il ne vous hait pas,
Seigneur, on le trahit, je fçay fon innocence,
Je vous répons pour luy de fon obeïffance.
J'y cours. Je vais preffer un entretien fi doux.

NERON.

Dans mon Appartement qu'il m'attende, avec vous.

SCENE IV.

NERON, NARCISSE.

NARCISSE.

SEigneur, j'ay tout preveu pour une mort ſi juſte.
Le poiſon eſt tout preſt. La fameuſe Locuſte
A redoublé pour moy ſes ſoins officyeux.
Elle a fait expirer un Eſclave à mes yeux ;
Et le fer eſt moins prompt pour trancher une vie.
Que le nouveau poiſon que ſa main me confie.

NERON.

Narciſſe, c'eſt aſſez, je reconnoy ce ſoin,
Et ne ſouhaitte pas que vous alliez plus loin.

NARCISSE.

Quoy pour Britannicus voſtre haine affoiblie
Me défend....

NERON.

Ouy, Narciſſe, on nous reconcilie.

NARCISSE.

Je me garderay bien de vous en détourner,
Seigneur. Mais il s'eſt veu tantoſt empriſonner.
Cette offenſe en ſon cœur ſera long-temps nouvelle.
Il n'eſt point de ſecrets que le temps ne revele,

Il ſçaura que ma main luy devoit preſenter
Un poiſon, que voſtre ordre avoit fait appręter.
Les Dieux de ce deſſein puiſſent-ils le diſtraire !
Mais peut-eſtre il fera ce que vous n'oſez faire.

NERON.

On répond de fon cœur, & je vaincray le mien.

NARCISSE.

Et l'Hymen de Junie en eft-il le lien ?
Seigneur, luy faites-vous encor ce facrifice ?

NERON.

C'eft prendre trop de foin. Quoy qu'il en foit, Narciffe,
Je ne le compte plus parmy mes Ennemis.

NARCISSE.

Agrippine, Seigneur, fe l'étoit bien promis.
Elle a repris fur vous fon fouverain Empire.

NERON.

Quoy donc ? Qu'a-t-elle dit ? Et que voulez-vous dire ?

NARCISSE.

Elle s'en eft vantée affez publiquement.

NERON.

De quoy ?

NARCISSE.

Qu'elle n'avoit qu'à vous voir un moment :
Qu'à tout ce grand éclat, à ce courroux funefte
On verroit fucceder un filence modefte,
Que vous mefme à la Paix foufcririez le premier,
Heureux que fa bonté daignaft tout oublier.

NERON.

Mais, Narciffe, dy-moy, que veux-tu que je faffe ?
Je n'ay que trop de pente à punir fon audace.
Et fi je m'en croyois, ce triomphe indifcret
Seroit bien-toft fuivy d'un éternel regret.

Mais de tout l'Univers quel fera le langage ?
Sur les pas des Tyrans veux-tu que je m'engage,
Et que Rome effaçant tant de titres d'honneur
Me laiffe pour tous noms celuy d'empoifonneur ?
Ils mettront ma vangeance au rang des parricides.

NARCISSE.

Et prenez-vous, Seigneur, leurs caprices pour guides ?
Avez-vous pretendu qu'ils fe tairoient toûjours ?
Eft-ce à vous de prefter l'oreille à leurs difcours ?
De vos propres defirs perdrez-vous la memoire ?
Et ferez-vous le feul que vous n'oferez croire ?
Mais, Seigneur, les Romains ne vous font pas cõnus.
Non non, dans leurs difcours ils font plus retenus.
Tant de precaution affoiblit voftre regne.
Ils croiront en effet meriter qu'on les craigne.
Au joug depuis long-temps ils fe font façonnez.
Ils adorent la main qui les tient enchaînez.
Vous les verrez toûjours ardens à vous complaire.
Leur prompte fervitude a fatigué Tibere.
Moy-même revêtu d'un pouvoir emprunté,
Que je receus de Claude avec la liberté,
J'ay cent fois dans le cours de ma gloire paffée
Tenté leur patience, & ne l'ay point laffée.
D'un empoifonnement vous craignez la noirceur ?
Faites perir le Frere, abandonnez la Sœur.

Rome sur ses Autels prodiguant les victimes,
Fussent-ils innocens, leur trouvera des crimes.
Vous verrez mettre au rang des jours infortunez :
Ceux où jadis la Sœur & le Frere sont nez.

NERON.

Narcisse, encore un coup, je ne puis l'entreprendre.
J'ay promis à Burrhus, il a falu me rendre.
Je ne veux point encore en luy manquant de foy
Donner à sa vertu des armes contre moy.

J'oppose à ses raisons un courage inutile,
Je ne l'écoute point avec un cœur tranquille.

NARCISSE.

Burrhus ne pense pas, Seigneur, tout ce qu'il dit.
Son adroitte vertu ménage son credit.
Ou plustost ils n'ont tous qu'une même pensée,
Ils verroient par ce coup leur puissance abaissée,
Vous seriez libre alors, Seigneur, & devant vous
Ces Maistres orgueilleux flêchiroient comme nous.
Quoy donc ignorez-vous tout ce qu'ils osent dire ?
Neron, s'ils en sont crus, n'est point né pour l'Empire.
Il ne dit, il ne fait, que ce qu'on luy prescrit,
Burrhus conduit son cœur, Seneque son esprit.
Pour toute ambition, pour vertu singuliere,
Il excelle à conduire un char dans la carriere,
A disputer des prix indignes de ses mains,
A se donner luy-même en spectacle aux Romains,
A venir prodiguer sa voix sur un theatre,
A reciter des chants, qu'il veut qu'on idolatre,
Tandis que des Soldats de momens en momens
Vont arracher pour luy les Applaudissemens.
Ah ne voulez vous pas les forcer à se taire ?

NERON.

Viens, Narciſſe. Allons voir ce que nous devons faire.

ACTE V.

SCENE PREMIERE.

BRITANNICUS, JUNIE.

BRITANNICUS.

OUY Madame, Neron (qui l'auroit pû penſer ?)
Dans ſon Appartement m'attend pour m'embraſſer.
Il y fait de ſa Cour inviter la Jeuneſſe.
Il veut que d'un Feſtin la pompe & l'allegreſſe
Confirment à leurs yeux la foy de nos ſermens,
Et réchauffent l'ardeur de nos embraſſemens.
Il éteint cét amour ſource de tant de haine,
Il vous fait de mon ſort arbitre ſouveraine.
Pour moy, quoy que banny du rang de mes Ayeux,
Quoy que de leur dépoüille il ſe pare à mes yeux,
Depuis qu'à mon amour ceſſant d'être contraire
Il ſemble me ceder la gloire de vous plaire,
Mon cœur, je l'avoüray, luy pardonne en ſecret,
Et luy laiſſe le reſte avec moins de regret.
Quoy je ne ſeray plus ſeparé de vos charmes ?
Quoy même en ce momẽt je puis voir ſans allarmes
Ces yeux, que n'ont émus ny ſoûpirs, ny terreur,
Qui m'ont ſacrifié l'Empire & l'Empereur ?

Ah Madame ! Mais quoy ? Quelle nouvelle crainte
Tient parmy mes tranſports voſtre joye en contrainte ?
D'où vient qu'en m'écoutant, vos yeux, vos triſtes yeux
Avec de longs regards ſe tournent vers les Cieux ?
Qu'eſt-ce que vous craignez ?

JUNIE.

Je l'ignore moy-même.
Mais je crains.

BRITANNICUS.

Vous m'aimez ?

JUNIE.

Helas, ſi je vous aime !

BRITANNICUS.

Neron ne trouble plus noſtre felicité.

JUNIE.

Mais me répondez-vous de ſa ſincerité ?

BRITANNICUS.

Quoy vous le ſoupçonnez d'une haine couverte ?

JUNIE.

Neron m'aimoit tantoſt, il juroit voſtre perte.
Il me fuit, il vous cherche. Un ſi grand changement
Peut-il eſtre, Seigneur, l'ouvrage d'un moment ?

BRITANNICUS.

Cet ouvrage, Madame, eſt un coup d'Agrippine.
Elle a crû que ma perte entraînoit ſa ruine.
Grace aux preventions de ſon eſprit jaloux,
Nos plus grands ennemis ont combattu pour nous.
Je m'en fie aux tranſports qu'elle m'a foit paraiſtre.
Je m'en fie à Burrhus. J'en croy même ſon Maiſtre.
Je croy, qu'à mon exemple impuiſſant à trahir
Il hait à cœur ouvert, ou ceſſe de haïr.

JUNIE.

Seigneur, ne jugez pas de ſon cœur par le voſtre.
Sur des pas differens vous marchez l'un & l'autre.
Je ne connoy Neron & la Cour que d'un jour.
Mais (ſi je l'oſe dire,) helas ! dans cette Cour
Combien tout ce qu'on dit eſt loin de ce qu'on pẽſe !
Que la bouche & le cœur font peu d'intelligence !
Avec combien de joye on y trahit ſa foy !
Quel ſéjour eſtranger & pour vous & pour moy !

BRITANNICUS.

Mais que ſon amitié ſoit veritable ou feinte,
Si vous craignez Neron, luy-même eſt-il ſãs crainte ?
Non, non, il n'ira point par un lâche attentat
Soûlever contre-luy le Peuple & le Senat.
Que dis-je ? Il reconnoiſt ſa derniere injuſtice.
Ses remords ont paru même aux yeux de Narciſſe.
Ah s'il vous avoit dit, ma Princeſſe, à quel point....

JUNIE.

Mais Narciſſe, Seigneur, ne vous trahit-il point ?

BRITANNICUS.

Luy me trahir ? Hé quoy vous voulez dõc, Madame,
Qu'à d'éternels foupçons j'abandonne mon ame ?
Seul de tous mes Amis Narciffe m'eft refté.
L'a-t-on veu de mon Pere oublier la bonté ?
S'eft-il rendu, Madame, indigne de la mienne ?
Neron de temps en temps fouffre qu'il l'entretiẽne,
Je le fçay. Mais il peut, fans violer fa foy,
Tenir lieu d'Interprete entre Neron & moy.

Et pourquoy voulez-vous que mon cœur s'en défie ?

JUNIE.

Et que fçay-je ? Il y va, Seigneur, de voftre vie.
Tout m'eft fufpect. Je crains que tout ne foit feduit.
Je crains Neron. Je crains le mal-heur qui me fuit.
D'un noir preffentiment malgré moy prevenuë,
Je vous laiffe à regret éloigner de ma veuë.
Helas ! Si cette paix, dont vous vous repaiffez,
Couvroit contre vos jours quelques pieges dreffez !
Si Neron irrité de noftre intelligence
Avoit choifi la nuit pour cacher fa vengeance !
S'il preparoit fes coups tandis que je vous vois !
Et fi je vous parlois pour la derniere fois !
Ah Prince !

BRITANNICUS.

Vous pleurez ! Ah ma chere Princeffe !
Et pour moy jufques la voftre cœur s'intereffe ?
Quoy Madame, en un jour, où plein de fa grandeur
Neron croit ébloüir vos yeux de fa fplendeur,
Dans des lieux où chacun me fuit & le revere,
Aux pompes de fa Cour preferer ma mifere !
Quoy dans ce même jour, & dans ces mêmes lieux,

Refuſer un Empire & pleurer à mes yeux !
Mais, Madame, arreſtez ces pretieuſes larmes ;
Mon retour va bien-toſt diſſiper vos alarmes.
Je me rendrois ſuſpect par un plus long ſéjour.
Adieu, je vais le cœur tout plein de mon amour
Au milieu des tranſports d'une aveugle Jeuneſſe,
Ne voir, n'entretenir que ma belle Princeſſe.
Adieu.

JUNIE.

Prince…

BRITANNICUS.

On m'attend, Madame, il faut partir.

JUNIE.

Mais du moins attendez qu'on vous vienne avertir.

SCENE II.

AGRIPPINE, BRITANNICUS,
JUNIE.

AGRIPPINE.

PRince, que tardez-vous ? Partez en diligence.
Neron impatient ſe plaint de voſtre abſence.
La joye & le plaiſir de tous les Conviez
Attend pour éclatter que vous vous embraſſiez.

Ne faites point languir une fi jufte envie,
Allez. Et nous, Madame, allons chez Octavie.

BRITANNICUS.

Allez, belle Junie, & d'un efprit content
Haftez-vous d'embraffer ma Sœur qui vous attend.
Dés que je le pourray je reviens fur fes traces,
Madame, & de vos foins j'iray vous rendre graces.

SCENE III.

AGRIPPINE, JUNIE.

AGRIPPINE.

MAdame, ou je me trõpe, ou durant vos Adieux
Quelques pleurs répandus ont obfcurcy vos yeux.
Puis-je fçavoir quel trouble a formé ce nuage ?
Doutez-vous d'une Paix, dont je fay mon ouvrage ?

JUNIE.

Apres tous les ennuis que ce jour m'a couftez,
Ay-je pû raffurer mes efprits agités ?
Helas ! à peine encor je conçoy ce miracle.
Quand même à vos bontez je craindrois quelque obftacle,
Le changement, Madame, eft commun à la Cour,
Et toûjours quelque crainte accompagne l'amour.

AGRIPPINE.

Il fuffit, j'ay parlé, tout a changé de face.
Mes foins à vos foupçons ne laiffent point de place.

Je répons d'une Paix jurée entre mes mains,
Neron m'en a donné des gages trop certains.
Ah fi vous aviez veu par combien de careffes
Il m'a renouvellé la foy de fes promeffes !
Par quels embraffemens il vient de m'arrefter !
Ses bras dans nos Adieux ne pouvoient me quitter.
Sa facile bonté fur fon front répanduë
Jufqu'aux moindres fecrets eft d'abord defcenduë,
Il s'épanchoit en Fils, qui vient en liberté
Dans le fein de fa Mere oublier fa fierté.
Mais bien-toft reprenant un vifage fevere,
Tel que d'un Empereur qui confulte fa Mere,
Sa confidence augufte a mis entre mes mains
Des fecrets d'où dépend le deftin des humains.
Non, il le faut icy confeffer à fa gloire.
Son cœur n'enferme point une malice noire,
Et nos feuls ennemis alterant fa bonté,
Abufoient contre nous de fa facilité.
Mais enfin à fon tour leur puiffance decline.
Rome encore une fois va connoiftre Agrippine.
Déja, de ma faveur on adore le bruit.
Cependant en ces lieux n'attendons pas la nuit,
Paffons chez Octavie, & donnons luy le refte
D'un jour autant heureux que je l'ay crû funefte.
Mais qu'eft-ce que j'entens ? Quel tumulte confus ?
Que peut-on faire ?

JUNIE.

O Ciel ! fauvez Britannicus.

SCENE IV.

AGRIPPINE, JUNIE, BURRHUS.

AGRIPPINE.

BUrrhus, où courez-vous ? Arreſtez. Que veut dire…

BURRHUS.

Madame, c'en eſt fait, Britannicus expire.

JUNIE.

Ah mon Prince !

AGRIPPINE.

Il expire ?

BURRHUS.

Ou pluſtoſt il eſt mort,
Madame.

JUNIE.

Pardonnez, Madame, à ce tranſport.
Je vais le ſecourir, ſi je puis, ou le ſuivre.

SCENE V.

AGRIPPINE, BURRHUS.

AGRIPPINE.

QUel attentat, Burrhus !

BURRHUS.

Je n'y pourray furvivre,
Madame, il faut quitter la Cour & l'Empereur.

AGRIPPINE.

Quoy du fang de fon Frere il n'a point eu d'horreur ?

BURRHUS.

Ce deffein s'eft conduit avec plus de myftere.
A peine l'Empereur a veu venir fon Frere,
Il fe leve, il l'embraffe, on fe taift, & foudain
Cefar prend le premier une coupe à la main.
Pour achever ce jour fous de meilleurs aufpices,
Ma main de cette coupe épanche les premices,
Dit-il, Dieux, que j'appelle à cette effufion,
Venez favorifer noftre reünion.
Par les mefmes fermens Britannicus fe lie,
La coupe dans fes mains par Narciffe eft remplie,
Mais fes levres à peine en ont touché les bords,
Le fer ne produit point de fi puiffans efforts
Madame, la lumiere à fes yeux eft ravie,
Il tombe fur fon lit fans chaleur & fans vie.
Jugez combien ce coup frappe tous les efprits.
La moitié s'épouvante, & fort avec des cris.
Mais ceux qui de la Cour ont un plus long ufage
Sur les yeux de Cefar compofent leur vifage.
Cependant fur fon lit il demeure penché,
D'aucun eftonnement il ne paroift touché.
Ce mal dont vous craignez, dit-il, la violence
A fouvent fans peril attaqué fon enfance.
Narciffe veut en vain affecter quelque ennuy,

Et ſa perfide joye éclate malgré luy.
Pour moy, dûſt l'Empereur punir ma hardieſſe,
D'une odieuſe Cour j'ay traverſé la preſſe,
Et j'allois accablé de cét Aſſaſſinat
Pleurer Britannicus, Ceſar & tout l'Eſtat.

AGRIPPINE.

Le voicy. Vous verrez ſi c'eſt moy qui l'inſpire.

SCENE VI.

AGRIPPINE, NERON,
BURRHUS, NARCISSE.

NERON, *voyant Agrippine.*

DIeux !

AGRIPPINE.

ARreſtez Neron. J'ay deux mots à vous dire.
Britannicus eſt mort, je reconnoy les coups.
Je connoy l'Aſſaſſin.

NERON.

Et qui, Madame ?

AGRIPPINE.

Vous.

NERON.

Moy ! Voilà les foupçons dont vous eftes capable.
Il n'eft point de mal-heur dont je ne fois coupable,
Et fi l'on veut, Madame, écouter vos difcours,
Ma main de Claude mefme aura tranché les jours.
Son Fils vous eftoit cher, fa mort peut vous côfôdre.
Mais des coups du deftin je ne puis pas répondre.

AGRIPPINE.

Non non, Britannicus eft mort empoifonné.
Narciffe a fait le coup, vous l'avez ordonné.

NERON.

Madame, mais qui peut vous tenir ce langage ?

NARCISSE.

Hé Seigneur, ce foupçon vous fait-il tant d'outrage ?
Britannicus, Madame, eut des deffeins fecrets
Qui vous auroient coufté de plus juftes regrets.
Il afpiroit plus loin qu'à l'Hymen de Junie.
De vos propres bontez il vous auroit punie,
Madame, il vous trompoit, & fon cœur offenfé
Prétendoit toft ou tard rappeller le paffé.
Soit donc que malgré vous le fort vous ait fervie ;
Soit qu'inftruit des complots qui menaffoient fa vie
Sur ma fidelité Cefar s'en foit remis,
Laiffez les pleurs, Madame, à vos feuls ennemis.
Qu'ils mettent ce mal-heur au rãg des plus finiftres,
Mais vous....

AGRIPPINE.

Pourſuy, Neron, avec de tels Miniſtres.
Par des faits glorieux tu te vas ſignaler.
Pourſuy. Tu n'as pas fait ce pas pour reculer.
Ta main a commencé par le ſang de ton Frere.
Je prevoy que tes coups viendront juſqu'à ta Mere.
Tu te fatiqueras d'entendre tes forfaits.
Tu voudras t'affranchir du joug de mes bien-faits.
Mais je veux que ma mort te ſoit même inutile,
Ne crois pas qu'en mourant je te laiſſe tranquille.
Rome, ce Ciel, ce jour, que tu receus de moy,
Par tout, à tout moment, m'offriront devant toy,
Tes remors te ſuivront comme autant de furies.
Tu croiras les calmer par d'autres barbaries.
Ta fureur s'irritant ſoy-meſme dans ſon cours
D'un ſang toûjours nouveau marquera tous tes jours.
Mais j'eſpere qu'enfin le Ciel las de tes crimes
Ajoûtera ta perte à tant d'autres victimes,
Qu'apres t'eſtre couvert de leur ſang & du mien,
Tu te verras forcé de répandre le tien,
Et ton nom paroiſtra dans la race future
Aux plus cruels tyrans une cruelle injure.
Voilà ce que mon cœur ſe preſage de toy.
Adieu, tu peux ſortir.

NERON.

Narciſſe, ſuivez-moy.

SCENE VII.

AGRIPPINE, BURRHUS.

AGRIPPINE.

AH Ciel ! de mes foupçons quelle étoit l'injuftice !
Je condamnois Burrhus pour écouter Narciffe.
Burrhus avez-vous veu quels regards furieux
Neron en me quittant m'a laiffez pour Adieux.
C'en eft fait. Le cruel n'a plus rien qui l'arrefte :
Le coup qu'on m'a predit va tomber fur ma tefte.
Il vous accablera vous-mefme à voftre tour.

BURRHUS.

Ah Madame, pour moy j'ay vêcu trop d'un jour.
Pluft au Ciel que fa main heureufement cruelle
Euft fait fur moy l'effay de fa fureur nouvelle !
Qu'il ne m'eût pas donné par ce trifte attentat
Un gage trop certain des mal-heurs de l'Eftat !
Son crime feul n'eft pas ce qui me defefpere ;
Sa jaloufie a pû l'armer contre fon Frere.
Mais, s'il vous faut, Madame, expliquer ma douleur,
Neron l'a veu mourir, fans changer de couleur.

Ses yeux indifferens ont déja la conftance
D'un Tyran dans le crime endurcy dés l'enfance.
Qu'il acheve, Madame, & qu'il faffe perir
Un Miniftre importun, qui ne le peut fouffrir.
Helas ! Loin de vouloir éviter fa colere
La plus foudaine mort me fera la plus chere.

SCENE DERNIERE.

AGRIPPINE, BURRHUS, ALBINE.

ALBINE.

AH Madame ! ah Seigneur ! Courez vers l'Empereur ;
Venez ſauver Ceſar de ſa propre fureur.
Il ſe voit pour jamais ſeparé de Junie.

AGRIPPINE.

Quoy Junie elle-meſme a terminé ſa vie ?

ALBINE.

Pour accabler Ceſar d'un eternel ennuy,
Madame, ſans mourir elle eſt morte pour luy.
Vous ſçavez de ces lieux comme elle s'eſt ravie ;
Elle a feint de paſſer chez la triſte Octavie.
Mais bien-toſt elle a pris des chemins écartez,
Où mes yeux ont ſuivy ſes pas precipitez.
Des portes du Palais elle ſort éperduë.
D'abord elle a d'Auguſte aperceu la ſtatuë ;
Et moüillant de ſes pleurs le marbre de ſes pieds
Que de ſes bras preſſants elle tenoit liez ;
Prince, par ces genoux, dit-elle, que j'embraſſe,
Protege en ce moment le reſte de ta Race.
Rome dans ton Palais vient de voir immoler
Le ſeul de tes Neveux, qui te puſt reſſembler.
On veut apres ſa mort que je luy ſois parjure.
Mais pour luy conſerver une foy toûjours pure,

Prince, je me devoüe à ces Dieux immortels
Dont ta vertu t'a fait partager les Autels.
Le Peuple cependant que ce ſpectacle eſtonne,
Vole de toutes parts, ſe preſſe, l'environne,
S'attendrit à ſes pleurs, & plaignant ſon ennuy
D'une commune voix la prend ſous ſon appuy.
Ils la meinent au Temple, où depuis tant d'années

Au culte des Autels nos Vierges deſtinées
Gardent fidellement le dépoſt pretieux
Du Feu toûjours ardant qui brûle pour nos Dieux.
Ceſar les voit partir ſans oſer les diſtraire.
Narciſſe plus hardy s'empreſſe pour luy plaire.
Il vole vers Junie, & ſans s'épouvanter
D'une profane main commence à l'arreſter.
De mille coups mortels ſon audace eſt punie,
Son infidelle ſang rejaillit ſur Junie.
Ceſar de tant d'objets en meſme temps frappé
Le laiſſe entre les mains qui l'ont enveloppé.
Il rentre. Chacun fuit ſon ſilence farouche.
Le ſeul nom de Junie échappe de ſa bouche.
Il marche ſans deſſein, ſes yeux mal aſſurez
N'oſent lever au Ciel leurs regards égarez.
Et l'on craint, ſi la nuit jointe à la ſolitude
Vient de ſon deſeſpoir aigrir l'inquietude,
Si vous l'abandonnez plus long-temps ſans ſecours
Que ſa douleur bien-toſt n'attente ſur ſes jours.
Le temps preſſe. Courez. Il ne faut qu'un caprice.
Il ſe perdroit, Madame.

AGRIPPINE.

Il ſe feroit juſtice.
Mais Burrhus, allons voir juſqu'où vont ſes tranſports.
Voyons quel changement produiront ſes remords,
S'il voudra deſormais ſuivre d'autres maximes.

BURRHUS.

Plût aux Dieux que ce fuſt le dernier de ſes crimes !

Made in the USA
Las Vegas, NV
07 December 2021

36427355R00059